レベルリセット
~ゴミスキルだと勘違いしたけれど実はとんでもないチートスキルだった~
雷舞蛇尾
illustration=さかなへん
JN031476

LevelRese

CONTENTS

elReset

ダッシュエックス文庫

レベルリセット
～ゴミスキルだと勘違いしたけれど実はとんでもないチートスキルだった～

雷舞蛇尾

第1話 そのゴミスキルの名は

まったく、この世の中なんてものはクソ以外の何ものでもない。

そう気づいたのは俺がちょうど十歳を迎える頃だ。

「これより、特殊スキルの開花式を執《と》り行う！」

豪奢《ごうしゃ》な飾りつけがされた教会の一角。

目の吊り上がった禿《は》げた爺《じい》さんが声高に宣言する。

「何が貰《もら》えるんだろう」

「俺、将来は国王直属の騎士になるのが夢だから、剣とか武術とかのスキルがいいなあ」

周りの少年少女たちは、どのようなスキルが貰えるのかとそわそわしていた。

かく言う俺、ラグナス・ツヴァイトもその中の一人だったことが今になって思うと非常に恥ずかしい。

「ラグ。どんなスキルが貰えるんだろうね。私は魔法が強くなるスキルがいいなあ」

そう俺に声をかけてきたのは、幼馴染《おさななじ》みのフェリシア・ノイマン。俺の家、ツヴァイト家と彼女の家ノイマン家は父親同士が親友だかなんだかで昔から家族ぐるみの付き合いをしている。だからフェリシアとは小さいころからよく遊び、同じご飯を食べ、一緒に育ってきたいわば兄妹みたいなものだと思っている。俺の父親とフェリシアの父ノトスは俺とフェリシアを結婚させるんだーなんて盛り上がっているらしいけど、当人の意向を無視して勝手に縁談を進めないでほしい。これだから貴族というやつは。

「シアは宮廷魔術師志望だもんな」

ちなみにシアはフェリシアのこと。俺は彼女のことをシアと呼び、彼女は俺のことをラグと呼ぶ。それが広まったのか、俺たちと仲のいい連中はみな、ラグ、シアと呼んでいる。

「俺は――これといってないんだよなぁ」

「おぉ、さすがは王国始まって以来の神童。神の申し子様は言うことが違いますねえ」

「嫌味かよっ」

思わず俺はシアに突っ込んでしまう。俺はなぜかこの学園、いやこの王国の人たちから神の申し子などと呼ばれている。理由は簡単で、初等部ながら既《すで》にレベル50を超えているということだ。

この世界にはレベルという概念《がいねん》が存在している。

例えば剣の素振りをした、腕立て伏せをした、魔物にダメージを与えた、魔物からダメージを受けた、勉強をした、授業を受けたなどありとあらゆる経験を経《へ》ることで、このレベルというものが上がっていく。そしてこのレベルが上がると、筋力や体力、魔力などが比例して向上する。レベルが上がる速さや向上の度合いなどは人それぞれなのだが、俺はこのレベルの上昇速度がケタ違いなのだ。

王国の騎士団の平均レベルは40程度と聞く。つまり俺は、十歳にして王国騎士団と同等かあるいはそれ以上の能力を持っているということになる。そんな噂《うわさ》を聞きつけた王国が俺のことを放っておくはずもなく、神の申し子なんていうむず痒《がゆ》い二つ名をつけられてしまったのだ。

「次、フェリシア・ノイマン」

そうこうしている間にフェリシアが呼ばれる。

彼女は、「はい」と大きく返事をすると、立ち上がって禿げた爺さんこと学園長のもとへと歩いていった。

「ではここに手をかざしなさい」

学園長が促《うなが》す先、そこには大きな水晶玉が置かれていた。

スキルクリスタル、確かそういう代物《しろもの》。

一生に一度だけ、その人物に見合った特殊なスキルを与えてくれる国宝だ。ただしその力が強すぎるが故《ゆえ》に、年齢が十歳以上でなければ、貰ったスキルを受け止めきれずに体が崩壊してしまうらしい。

シアもその話を知っているため、クリスタルに伸ばす手が若干《じゃっかん》震えている。まぁ、そりゃ怖いよな。

数秒かけて彼女の手がクリスタルに触れる。すると、クリスタルは金色の輝きを放ち始めた。

「おぉ、これは希少な輝きだ！」

確かに、と俺も思った。というのも与えられるスキルのレア度、言わば強さによってクリスタルの輝きは変化する。青、緑、赤、銀、金の五段階で、最上級の輝きなんて相当強い能力に違いない。

やがてその金色の輝きは集束していき、シアの手に吸い込まれる形で消えていった。

「フェリシア・ノイマン、して授かったスキルの名は？」

「えっと、『マジックブースト』です」

それを聞いた瞬間、周りの教師陣が、ざわざわとし始める。

マジックブーストだと？　かの、大賢帝が有していたと言われるあの？　なんて声がちらほら聞こえてきた。

「なんと素晴らしいスキルを手に入れたのだフェリシア・ノイマン！　あぁ、まさか私が生きているうちに伝説のスキルに出合えるとは」

学園長は天に祈りを捧《ささ》げ、神に感謝していた。そんなに凄《すご》いスキルなのそれ？

フェリシアは居心地悪そうに戻ってくる。その最中でも、同級生たちから羨望《せんぼう》の眼差《まなざ》しで見つめられていた。

「あはは。何か凄いスキル貰っちゃったみたい」

照れ笑いをしながら彼女は俺の横へ座った。

「周りの教師たちの目の色が一瞬で変わったのを見ると、結構ヤバいのかも。良かったなシア」

俺がそう言うと、うんと嬉しそうにシアは微笑んだ。

「――これでやっとラグに並べたのかな」

シアは小声で何かを呟《つぶや》く。

「ん？　何か言った？」

あまりにも小さすぎて聞き取れなかった。何て言ったんだ？

「あっ、何でもないよ」

しかしシアはブンブンと首を振ってアハハと笑った。変なシア。

「次、ラグナス・ツヴァイト」

「あ、はい」

シアの次は俺の番だ。俺は、ゆっくりと立ち上がる。

「頑張って、ラグ！」

小声でシアは応援をしてくれる。いや、これ頑張ってどうなるものでもないと思うけど。

そんなことを考えながらスキルクリスタルに向かっていると、周りのざわざわは先ほどのシア以上に増していく。

「ついに神の申し子の番か。どんなスキルなんだろうな」

「恐らく先ほど以上であるのは間違いあるまい。楽しみだ」

なんて、勝手な妄想を抱く大人たちが期待した眼差しで俺を見ていた。

正直プレッシャー以外の何ものでもない。

「では、ラグナス・ツヴァイト。手をこちらへ」

そう学園長も期待した声色で俺を促す。

表情もにこやかで、まるで俺が凄いスキルを得るに違いないと確信しているようだ。というか絶対そう思ってるやつだ。

とはいえ、俺も自分自身に期待していないわけじゃない。一応神の申し子と呼ばれているわけだし、最低でも赤色ぐらいには光ってくれるかなと密かに思ったりはしている。青とか緑とかだったらちょっとショックだな。

俺は、ふぅと一息つきクリスタルに手をかざした。

瞬間、クリスタルが発光を始める。

これは——青色？　一瞬がっかりしたけれど、その直後に、その中から緑色の光が溢《あふ》れ始める。えっ、何？　緑なの？　と思っていたら、次は赤色の光が溢れ始め、銀、金、果ては紫、桃色など数十の光が溢れてきた。

「な、なんだこれは!?」

見ていた学園長も動揺を隠しきれていない。

例えるならば、クリスタルの光は全ての光を含んだ虹色とでも形容しようか。

その膨大《ぼうだい》な数の色の粒子はまばゆいばかりの光を放ち、やがて集束し、俺の手に吸収されていった。

教会の中がしんと静まり返る。皆、何が起こったのか分かっていないようだった。

その静寂《せいじゃく》を破ったのは他ならない学園長。彼は他の生徒にも尋《たず》ねたように、俺にもそうしてきた。

「し、して、ラグナス・ツヴァイト。授かったスキルの名は」

「あ、はい」

俺はさっそく自分のステータスを確認する。

ちなみにステータスは頭の中でステータスと念じると、目の前に透明な板として現れてくれる便利な魔法だ。ちなみにこれは本人にしか見えない。

そこにはこう、書かれていた。

＊＊＊＊＊＊＊＊＊＊＊＊＊＊＊＊＊＊＊＊＊＊＊＊

ラグナス・ツヴァイト
Lv：1

筋力：G
体力：G
知力：GG
魔力：G
速力：GG
運勢：GG
SP《スキルポイント》：51
スキル：【レベルリセット】
****

何だこのスキル、聞いたことないけど。

「して、なんと書かれていたのだ？」

黙っている俺に学園長は催促をしてきたので、慌《あわ》てて答える。

「えっと、『レベルリセット』らしいです」

そしてまた教会は静寂に包まれた。

シンとした中で、俺はもう一度自分のステータスを確認してみる。

＊＊＊＊＊＊＊＊＊＊＊＊＊＊＊＊＊＊＊＊＊＊＊＊＊＊＊＊＊＊
ラグナス・ツヴァイト
ＬＶ：１
筋力：Ｇ
体力：Ｇ
知力：ＧＧ
魔力：Ｇ
速力：ＧＧ
運勢：ＧＧ
ＳＰ：51
スキル：【レベルリセット】
＊＊＊＊＊＊＊＊＊＊＊＊＊＊＊＊＊＊＊＊＊＊＊＊＊＊＊＊＊＊

……。

え、ちょっと待って。

なんで俺のレベル１に戻ってんの？　昨日までは確か52まで上がっていたはずなのに。

焦《あせ》った俺は、レベルリセットの効果を調べてみた。

＝＝＝＝＝＝＝＝＝＝＝＝＝＝＝＝＝＝＝＝＝＝＝＝＝＝＝＝＝＝＝＝＝＝

レベルリセット

毎日、日付が変わる瞬間にレベルが1にリセットされ、能力が初期化される。

＝＝＝＝＝＝＝＝＝＝＝＝＝＝＝＝＝＝＝＝＝＝＝＝＝＝＝＝＝＝＝＝＝＝

毎日、日付が変わる瞬間にレベルが1に戻るだと？

それに俺のステータスどうなってるんだ？

能力が初期化されるって、ステータスも1に戻ってしまうってことなのか!?

頭の中が混乱に支配される。何だ、このスキルは、と。百害あって一利なし、まるでメリットを感じることができない。

そして何より一番ショックだったのは、今までの努力の証《あかし》とも言えるものが一瞬にして水泡に帰《き》したことだ。俺が神の申し子と言われる所以《ゆえん》は、この高いレベルとそれに比例したステータスの高さだったというのに。

俺が呆然と立ち尽くす中、静寂を破ったのは俺の横に立っていた学園長だった。

「ラグナス。レベルリセットとはなんだ？　私も初めて聞くスキルゆえ、その効果を教えてくれると助かるのだが……」

う、やっぱり聞かれるのか。とはいえ答えないわけにもいかないし、嘘をついてもしょうがないし。

はぁ、とため息をついて、俺はスキルの効果をそのまま読み上げた。

「毎日、日が変わる瞬間にレベルが1にリセットされ、能力が初期化される。だそうです」

「レベルが1に？　能力が初期化？」

俺の言葉を信じられないのか、学園長は目が点になっていた。周りの教師や、学園生たちもざわつき始める。

レベルリセットって何？　レベル1って俺らよりも低いってことか？

そんな言葉が耳に突き刺さってくる。

「つまりはあれか。君はその……言いにくいが弱体化をしてしまったということなのかね？」

それを皆の前で聞きますか。デリカシーってもんを知らないんですね。

「有《あ》り体《てい》に言えばそうなるのかもしれないです。自分でも何が起こったのか分からないので」

「だが、デメリットしかないスキルが存在するなど考えられん。そうだっ！」

学園長はポンと手を打つと、近くにいた教師数名を呼び寄せる。

「王国の学者たちにこの事実を伝え、過去に同様のスキルの発現がないかを確認するのだ。神の申し子が開花させた聞いたこともないスキルだ。きっと凄い能力が隠されているに違いない！」

はっ、と教師たちは短く返事をすると、バタバタと教会を出ていってしまった。

それから二週間が経過した。

結論から言おう。俺の能力は王国の学者たちから満場一致でゴミスキルだと判定された。

結局このスキルの有効的な活用方法を見出《みいだ》すことはできず、全員が匙《さじ》を投げてしまったというところだ。

この知らせを聞いた父親であるボルガノフ・ツヴァイトは激昂《げきこう》した。俺に対して。

「この親不孝者め！　私が鍛えてやったというのに全て無駄にしてしまいおって！」

別に俺が悪いわけじゃない。なのに父親はうるさいと俺の話を聞かずに殴《なぐ》り続けた。

母親や二人の兄に目線で助けを求めるけれど、母親は見ないふりをし、そして二人の兄はニヤニヤと笑っているだけ。

何で助けてくれないんだ。そんな思いを抱きながら俺の意識は闇の中に沈んでいった。

「はっ！」

気付いたとき、俺は馬小屋の藁《わら》の上で寝かされていた。

動物独特の何とも言えない匂《にお》いが鼻をつく。

「ここは——」

どうやらここはツヴァイト家の屋敷内にある馬小屋らしい。何度か馬の世話で来たことがあるから見覚えがあった。

「痛《いて》え……くない？」

全身を起こし、恐らく襲い来るであろう痛みに先駆けて言葉を発するけれど、意外と体は何ともない。あんなに殴られたから、骨の何本かはいったかと思ったけれど、それも何ともない。

立ち上がってジャンプしたりしてみるけれど、健康体そのものだった。

＊＊＊＊＊＊＊＊＊＊＊＊＊＊＊＊＊＊＊＊＊＊＊＊＊

ラグナス・ツヴァイト

Lv：3

筋力：GGG

体力：F

知力：GG

魔力：GG

速力：GGG

運勢：GG

SP：70

スキル：【レベルリセット】

＊＊＊＊＊＊＊＊＊＊＊＊＊＊＊＊＊＊＊＊＊＊＊＊＊

もしかしてステータスが戻ったのかと確認をしてみるけれど、何だか空《むな》しくなっただけだった。殴られてレベルが上がるってどうなんだよ。ご丁寧《ていねい》に体力の伸びが他に比べていいのも癇《かん》に障《さわ》る。

「どうせ、元に戻るから関係ないけどな」

辺りが暗いから今は夜なのだろう。

俺は馬小屋から出て屋敷の方へ向かった。屋敷の玄関扉の上には、大きな時計が飾られている。そこに行けば今の時間が確認できると踏んだ。

暗くてよくは見えないけれど、短針も長針も恐らくあとちょっとで『Ⅻ』を指し示すのは分かった。俺はそれに合わせてカウントダウンを始める。

3、2、1、0

＊＊＊＊＊＊＊＊＊＊＊＊＊＊＊＊＊＊＊＊＊＊＊＊＊＊＊

ラグナス・ツヴァイト

Lv：1

筋力：G
体力：G
知力：GG
魔力：G
速力：GG
運勢：GG
SP：71
スキル：【レベルリセット】
＊＊＊＊＊＊＊＊＊＊＊＊＊＊＊＊＊＊＊＊＊＊＊＊＊＊

ほらね。戻った。ここ二週間、毎日のように繰り返しては落胆する日々。いい加減、諦《あきら》めたらいいのにと自分でも思う。

結局、屋敷の扉には鍵がかけられており、中に入れなかった。一晩を馬小屋で過ごしたものの、寝心地は最悪。だけどそこにいた馬が、俺が寄りかかって寝るのを許してくれたおかげで暖をとることができ、凍死することはどうにか免《まぬか》れた。

俺は少し痛む身体を起こして馬にお礼を言い、小屋を後にする。

「よう、これはこれは愚弟のラグナス君じゃないか」

屋敷へ向かう俺に声をかけたのは、二つ上の兄ゲオルグ・ツヴァイトだった。

嘲《あざけ》るような目で俺を見下している。

「ちょうど迎えに行こうと思っていたんだ」

ニヤニヤと下卑《げび》た笑みを浮かべる。我が兄ながら醜《みにく》い笑い方だ。

「何の用ですか、兄さん」

だからこそ自然と俺の言葉や態度も悪意を持ったものとなってしまう。

「何の用ですかとは随分《ずいぶん》だなラグナス。お前はいつからそんなに偉くなったんだ！」

そう言いながら兄は拳を腹部へ滑り込ませてくる。

俺はいつもの感覚で避けようとするけれど、体がついていかない。くっ、レベルが下がった代償か。

兄の拳を思い切り腹に貰った俺は、二メートルほど吹っ飛ばされ、背中から地面に落ちる。

今までのステータスだったら吹っ飛ぶどころか、逆に拳を傷《いた》めさせることだってできたのに。

悔しさと痛みで涙が溢れてくる。なぜこんなにも弱くなってしまったのだろうか、どうしてあんな奴の一発がこんなに重いのかと。

「起きろ愚弟。今までの恨みはこんなものじゃないぜ」

「やめろゲオルグ。客人の前だ」

すると、遠くから父ボルガノフの声が響いた。俺は、フラフラと立ち上がると、そちらを見る。

「ラグ……」

自信に満ち溢れた姿で立つ父の傍《そば》。そこには見知った顔の少女が立っていた。

「シア……」

「すみません父上。婚約者の前で少し舞い上がってしまいました」

兄ゲオルグは父であるボルガノフに向けて跪《ひざまず》く。

婚約者──ってどういうことだ？　俺が、怪訝《けげん》な表情で窺《うかが》っていると、ニヤッと笑った顔のゲオルグが、立ち上がりこちらへ振り返る。

「何を言っているんだという顔だなラグナス。実はな……」

「よい、ゲオルグ。私から説明しよう」

兄が楽しそうな声色で話し始めたところを父が少し厳しめの口調で制する。ゲオルグは短く返事をして、父の後ろへ下がった。

「ここにいるノトスの娘とお前の婚約はつい先ほど破談となった」

「どういう……ことですか？」

「お前ではこの子と釣り合わないということだ。レベルが下がって理解する知能も落ちたか！」

「ゲオルグ！」

父は先ほどよりもさらに厳しめの口調でゲオルグを制した。ゲオルグはチッと舌打ちすると、おずおずと引っ込む。

「ノトスと私は昔からの親友だ。そんな親友の大事な令嬢を出来損《できそこ》ないの息子へ嫁《とつ》がせるわけにはいくまい。だからこそ、私の方からこの話を提案させてもらった。ノトスも快《こころよ》く了承してくれたよ。当然ながらここにいるフェリシアもな」

「嘘……だろ、シア」

俺はふらつく足でシアのもとへ駆け寄ろうとする。しかし先ほどのダメージが大きいのか、思うように動くことができず、地面につまずき、派手に顔面を打ち付けてしまった。

「無様だなラグナス！　これが神の申し子とは笑わせる」

尚《なお》も楽しそうに俺を罵《ののし》る兄の声色に心底、腸《はらわた》が煮えくり返る。父ももう止めても無駄だと悟ったのか、ため息を一つつき何も言わない。

「ほら、フェリシアも言ってあげたらどうだい？　お前のような屑《くず》と結婚するはめにならなくて本当に良かったとな」

その言葉を聞いて、フェリシアは無表情のまま、俺の方へ歩いてくる。そしてフェリシアは倒れる俺の前にしゃがみ、両手をあてがった。

「『ヒーリングエイド』」

彼女がそう唱えると、体の痛みが少しずつ引いていくのが分かった。

初期の回復術、ヒーリングエイド。あまり魔法が得意でない俺でも唱えることのできる簡単なものだ。レベルが下がる前の話ではあるけれど。

「ありがとうシア。君のおかげで……」

「触らないで」

手を伸ばそうとした瞬間、今までの彼女からは到底聞いたこともないような、棘々《とげとげ》しい声を投げつけられる。

「あまりにも哀《あわ》れだから、最低限動けるようにしてあげただけ。勘違いしないで」

一瞬、何を言われたのか理解できなかった。

「シア?」

いや――、理解したくなかっただけなんだろうな。

「お別れを言いに来たの」

そう告げる、彼女の冷たい目を見て、俺は確信した。

あぁ、お前もか……と。

そこからはシアが何かを言っていたが、聞こえなかった。微《かす》かに残っている自己防衛本能が、その言葉の数々を俺の脳から遠ざけてくれたのかもしれない。もともと神の申し子と言われていた俺を兄たちが疎《うと》んでいたのは知っていた。父の手前それを押し殺していたことも。

だけどシアはどうだ?　少なくとも昔からいつも一緒にいてくれた彼女がなんでこんなに変貌してしまったのか。その答えは、現実に戻った俺の耳に突き刺さった。

「今のあなたは邪魔なのよ」

邪魔……って。そこまで俺のことを嫌っているんだな。今までのシアとの日々が走馬灯《そうまとう》のように脳裏を駆け巡る。思い返せば楽しかった思い出しかない。笑っているシアの顔しか俺は知らない。

「シア、俺は――、お前のことが好きだった」

意図はない。ただ、思い出を漁《あさ》るうち、不意に口から飛び出しただけ。当たり前の毎日の中に隠してきた想いが、ただ、飛び出しただけだった。

「私のことは忘れて。さようならラグナス」

彼女は俺の最後の気力を振り絞った告白に、返答さえしてくれなかった。俺の言葉など聞こえないかのように、素《そ》っ気《け》ない別れの言葉だけを告げ、彼女は背を向ける。

その瞬間、俺は心の中で何かが崩れていくのが分かった。あんなに俺のことを認め、厳しくも可愛がってくれていた父。いつも俺の心配をし、ちょっとでもケガをしようものなら卒倒していた母。そして、いつも一緒に笑い、一緒に育ってきた、優しくて可愛らしい初恋の相手。

誰も、俺の味方なんていない。

「どうしたラグナス？　ショックで言葉も出ないか？」

兄が俺を嘲笑《ちょうしょう》する。何とでも言うがいい。今さらお前に何を言われたところで、もう何も感じやしないのだから。

「ふん。レベルが下がって精神も腑抜《ふぬ》けてしまうとはな。もはやこいつにこれ以上の価値はないか」

そう言う父親はパチンと指を鳴らした。途端にどこからか父の執事が姿を現す。

「旦那様。お呼びでしょうか？」

「うむ。今からラグナスを奴隷と同格に扱うこととする。食事も最低限、寝る場所は馬小屋で十分であろう。屋敷の全員にそう通達しておけ」

「仰《おお》せのままに」

執事は恭《うやうや》しく一礼をすると、スッと姿を隠した。

「奴隷だなんて、父上もなかなかのご趣味じゃないですか」

「ふん。屋敷に置いてやるだけありがたいと思ってほしいがな。本来ならその辺に捨て置き、野犬の餌《えさ》にでもしたいところだが、一応これでもツヴァイトの人間だ」

「父上はお優しい。こんな愚弟に温情をくださるとは。兄として言葉を知らぬ弟に代わってお礼を申し上げさせていただきます」

「よいよい。それにツヴァイトが野犬に餌をやっているなどと噂を立てられてはたまったものではないしな」

「ハハハ。父上はご冗談もお上手だ！」

そう言いながら、父と兄は笑いながら屋敷の方へ戻っていった。そしてシアもその後を肅々《しゆくしゆく》とついていく。

やがて、先ほどの執事に命令されたのか、屋敷にいた使用人数人が、俺を迎えに来た。

「来るんだ。お前にはたっぷりと仕事をしてもらうからな！」

こいつは使用人のベルベド。昔からよく俺の世話を焼いてくれていた祖父のような存在だった。俺は黙ってベルベドに従うことにする。何も期待などしない。もう、何もかもがどうでもいいのだから。


そして二年の月日が経《た》った。

十二歳になった俺は、本来ならば初等部を卒業する年。だが、奴隷と同格となったあの日以降、俺は学園を退学になった。父が通うだけ金の無駄だと決めてしまったからだ。そうだな、無駄だと思うよ俺も。

だが今俺はその退学となった学園にいる。その理由は――。

「お嬢様、お帰りの時間です」

「臭《くさ》いから近寄るなって言ったわよね」

そう言って、フェリシアお嬢様は小さな火球を俺の顔に向けて飛ばしてきた。初級魔法『ファイアーボール』だ。火球は俺の頬に当たり、火傷《やけど》を作る。痛くはなかった。痛みなど随分と前から感じなくなった。

「すみませんでした」

俺は、軽くなった頭を彼女に向けて下げる。頭を下げることなど容易《たやす》い。

彼女はそんな俺を一瞥《いちべつ》すると、フンと鼻を鳴らして去っていってしまった。

「うわー、惨《みじ》めだよねー」

「神の申し子って言われてた頃が懐《なつ》かしく感じる」

「堕《お》ちた申し子。誰が言ったか上手《うま》い表現だな」

それを見ていた元同級生たちが、遠くでヒソヒソと話しながら俺を笑う。聞こえてるから。

どうでもいいけど。

「なぁ、あいつって何しても痛くないらしいぜ、ほら」

そんな同級生の一人が、初級魔法『アイスニードル』を俺の足に向けて放つ。

数本の尖《とが》った氷が俺の両足に突き刺さった。刺さった場所が熱を帯び始め、血が溢れ出す。

しかし痛みは感じない。この程度で痛みなど感じようものなら、俺はとっくの昔に死んでいる。

いや、痛みを感じなくなった時点で既《すで》に死人と同じなのかもしれないな。

俺は極めて冷静に、足に刺さった氷を一本ずつ抜いていく。そして全部抜き終わり、フラフラとした足取りで、フェリシアお嬢様が去っていった方向へ、歩き始めた。

「お帰りなさいませ、フェリシア様。ささ、ゲオルグ様がお待ちです」

「ええ。ありがとうベルベド。それよりもあの汚いのを寄越《よこ》さないでくれる？　皆の前で恥をかいちゃったじゃない」

　フェリシアお嬢様は、俺をギロリと睨《にら》んだ後、ベルベドに突っかかるように言った。

「申し訳ございません。あの奴隷めが自《みずか》らお迎えに上がると言って聞かないものでして」

　言ってない。行かないと食事を抜きにすると言ったのはお前だろうが。

「未練たらたらね。気持ちわる」

　彼女は俺をギロリと睨みつけ、捨て台詞《ぜりふ》を吐きながら自室へと戻っていった。

「ラグナス！」

　そして、厳しい口調でベルベドに呼ばれる。

「お嬢様のご機嫌を損《そこ》ねるとは、貴様どういうつもりだ！」

　どういうつもりも何も、お前の指示に従っただけだが。

「申し訳ございません」

「謝って済む問題ではない！　罰として今日と明日の食事はないものと思え！」

　ベルベドはそう言い、俺をバシンと殴り飛ばすと、憤慨《ふんがい》した様子でお嬢様の後を追っていった。

　ふん、どうせ最初から食事抜きにするつもりだったくせに、よく言う。俺は、屋敷を出て馬小屋へ帰る。この馬小屋の一角が今の俺の寝床だ。藁をしいただけの粗末なベッドだが、二年も使っていると慣れてくる。気力をなくした俺はそのベッドへ倒れ込むようにして横になった。

心配してくれているのか、馬がブルルと言いながら俺の傷を舐《な》めてくれる。俺が心を許せるのはお前だけだよ。そう思い、馬の頭を優しく撫でてやると、ヒヒーンと言って嬉しそうに嘶《いなな》いた。なぜ、ここまで懐かれたのかは分からないけれど、俺はこいつがいるお陰で孤独感はなかった。安心すると眠気が襲ってくる。俺はそれに身を委《ゆだ》ねながら夢の世界へと旅立った。

『スキルの本当の意味に気付きなさい』

はっ、と目が覚める。何やら変な夢だった。何か女性のような人が俺の前に立ち、それだけ告げると消えていったのだ。スキルの本当の意味？　どういうことだ？
なぜか不思議と、ただの夢として切り捨てられなかった。俺は二年もの間、見ることがなかったステータスを確認してみた。どうせ見たって毎日同じに戻るんだ。今更どうだっていうのか。

＊＊＊＊＊＊＊＊＊＊＊＊＊＊＊＊＊＊＊＊＊

ラグナス・ツヴァイト
Lv：1
筋力：G

体力：G
知力：GG
魔力：G
速力：GG
運勢：GG
SP：822
スキル：【レベルリセット】

****

日付が変わっていたのか、レベルが上がらなかったのかは知らないけれど、やはりレベル1のまま。ステータスも初期値。ほら、何も変わってないじゃないか。何がスキルの本当の意味に気付けだ。やはりゴミスキルはゴミスキル――。俺がそう落胆しかけた時、ある一つの事実に気付く。あれ、SPスキルポイントの値《あたい》だけやたらと跳ね上がってないか？　昔はここまでの数値はなかったはずだけれど……。

スキルの本当の意味に気付きなさい。その言葉が脳内で木霊《こだま》する。

ん、待てよ、ま、まさかっ！

そして俺は一つの推論に達する。俺の考えが間違っていなければ、このレベルリセットというスキルはとんでもない力を持ったスキルだ。一見、レベルが1に戻るデメリットしか持たない効果だが、それがミスリードだったとしたら。

俺の手が震え始めた。いや、俺の推論は間違っていない。でなければこの高く跳ね上がったSP《スキルポイント》の説明がつかない。既に絶望に支配され、生ける屍《しかばね》と化していた俺に再び希望という名の炎が灯《とも》る。何故、何故、俺はこの事実に二年間も気づけなかった。自分で自分を叱《しか》りつける。いや、考えを改めろ。二年間も気づけなかったんじゃない。二年間しか費《つい》やさずに気付くことができたんだ。あの王国の名のある学者たちでさえ辿《たど》り着けなかった答えの一端を確実に掴んだんだ。

俺は、強くなれる。それも以前とは比べものにならないほどに。堕ちた申し子だと？　ふざけろ。そう言っていられるのも今のうちだ。そうなれば、善は急げ。俺は颯爽《さっそう》と立ち上がった。

隣の馬が、どうしたという表情でこちらを窺う。

「俺は今からここを発《た》つ。お前だけはこんな俺にも優しくしてくれた。いつか俺が自分の強さを証明できた時、お前だけは迎えに来ると約束する。そうだ、ずっと馬と呼んでいて悪かったな。迎えに来る約束として今からお前に名前を付けよう。女の子だしルーシィなんてどうだ？」

馬はヒヒンと機嫌よさそうに返事をした。どうやら気に入ってくれたようだ。

「寂《さび》しいけど一旦お別れだルーシィ」

そう言って、俺は馬小屋を抜け出した。遠くから、ルーシィと思われる嘶きが聞こえる。どうやら彼女も俺を後押ししてくれているみたいだ。父は、俺などどうなってもいいと思っているのか、はたまた逃走を企《くわだ》てるなど一片も考えていないのか、俺に監視の目をつけるということはしていない。故に、ツヴァイト家の敷地内を全て知り尽くしている俺にとって、ここから脱走することなど造作もないことだった。そして、俺は晴れて敷地を飛び出し、星が煌《きら》めく夜空の下、リーゼベト王国を駆け抜けていった。

俺を見限った奴ら、全員思い知るがいい。

この力でもう一度、神の申し子として蘇《よみがえ》ってやる。

アスアレフ王国、西端の町、ウィッシュサイド。その町のギルドの一角に青年はいた。

「あんちゃんかい？　スキルクリスタルの情報を欲しがっている物好きは」

日に焼けた黒い肌。ガタイのいい男は、ニカッと笑って不愛想な青年に話しかける。

「あんたは？」

青年は声に殺気を纏《まと》わせながら男を睨《にら》み付けた。

「おいおい、いきなりなご挨拶《あいさつ》だな。俺は情報屋のクリフだ」

そう言ってクリフは手を差し出すが、青年は一瞥《いちべつ》だけすると、フンと鼻を鳴らして拒否する。

「俺が欲しいのはスキルクリスタルの情報だけだ。いくらになる？」

クリフはやれやれと手を引っ込めると、スキンヘッドを掻いた。

「いきなり金の話かい。まぁいいけどよ。そうだな、五万エールでどうだい？」

すると、青年は持っていた袋からアスアレフ王国の紋章が刻まれた金貨を五枚取り出し、テーブルの上に乱雑に置いた。クリフはそれらを手に取り、鑑定の魔法を使って真贋《しんがん》を確かめる。

「よし、本物だ。最近は贋金《にせがね》が横行しているから悪くは思わないでくれよ」

「どうでもいい。さっさと情報をよこせ」

「まあまあ焦《あせ》りなさんな」

クリフは金貨を自分の懐《ふところ》へ納めながら、青年との距離を詰める。そして、声のトーンを落として話を始めた。内容としては、スキルクリスタルはとても希少なもので、王家の人間や聖職者しか保有を許されていない代物《しろもの》であること。そして、先日の戦争でリーゼベト王国が滅ぼした隣国、ユーレシュ王国の王族が、このアスアレフ王国内まで逃げてきており、その目撃情報がこのウィッシュサイドの近郊の森であったというものだった。

「つまり、その逃げている王族とやらがスキルクリスタルを持っているだろうということか？」

「ご明察。俺が知っているのはそこまでだ。あとは自分の足で探してみるんだな」

クリフはそれだけ言うと、青年から身を離し、じゃあなと手を挙げると、そのまま去っていった。

ツヴァイトの屋敷を飛び出してから五年。やっと、やっとだ。やっとここまで辿《たど》り着くことができた。俺の目的を果たすためにはどうしてもスキルクリスタルを手にする必要がある。最初は教会のものを使おうと思っていたが、リーゼベトでは如何《いかん》せん俺の名が知れ渡り過ぎている。だからわざわざ隣国のアスアレフにまで足を運んだのはいいものの、どうやらスキルクリスタルを使おうと思うと、それぞれの国を統治している国王の許可が必要となるということが分かった。よそ者である俺に易々《やすやす》と許可が下りるはずもなく、仕方なしに俺はギルドに登録して日銭を稼《かせ》ぎ始めた。本当はここで成果を出してから許可を貰《もら》おうと思っていたけれど、所詮《しょせん》レベル1がどうあがこうと限界はある。ギルドランクを五年でGからFに上げるのが精一杯だった。モンスターを倒すというものではなく、どちらかというと採取や雑用系ばかりをこなしていたため、あまりランクが上がらなかったのだ。

だが、それまで奴隷のような生活を強《し》いられていた俺は、引き続き質素な生活を続けることである程度の蓄えはできていた。そのため、ギルドの受付にスキルクリスタルを入手する方法を知っている人物がいたら紹介してほしいと頼んでいたのだ。

そして話は今に至る。早速、クリフと名乗る情報屋から仕入れた情報にあった近郊の森とやらに行くため、傍《かたわ》らの剣を担《かつ》ぐ。今は上手《うま》く使いこなせないが、一応、護身用として持っているものだ。俺はギルドの受付に紹介のお礼だけを一言告げ、ギルドを後にした。

ウィッシュサイドから歩いて一時間ほどの距離にある、エキュートの森。その入り口に俺は立っていた。ここは採取クエストなどでよく訪れているから、道中も迷わず来れた。早速、中に入ってみるが、様相は普段と変わらない。ここはそれほど強いモンスターもいないため、気を付けていればエンカウントをせずに奥まで進むことができる。ある程度進むけれど、いつもと何も変わらない雰囲気。こんなところに本当に王族が潜《ひそ》んでいるのか?　すると微《かす》かだが、周りの木々がざわめいたのが分かった。

誰か、来る。俺はすかさず近くの茂みに身を隠した。数十秒後、俺の進行方向から銀色の鎧《よろい》をまとった兵士たちが十数名、隊をなして歩いてきた。

「くそう、どこにいる」

隊の先頭に立っていた兵士が、悔しそうに言う。恐らく兵士長だろう。

「こうなれば手分けして森をしらみつぶしに探すのだ。なんとしても取り逃がすな！」

はっ、と後ろの兵士たちが短く返事をし、散っていった。……、どうやら噂《うわさ》は本当だったらしいな。なんせ、あいつらの鎧についている紋章はリーゼベト王国のもの。追っているのは、ユーレシュの王族に間違いないだろう。となれば、あいつらよりも俺が先に見つけ出さなければならない。地の利は恐らく俺にあるから、上手くいけば絶対に見つかるはずだ。

数時間後――。

「もしかしたらこの森にはもういないのかもしれないな」

俺も兵士たちに気付かれないよう気配を消しながら、人が隠れられそうな場所をしらみつぶしに探したけれど、結局見つからなかった。そうなるとすでに森を抜け出たと考えるのが妥当《だとう》だろう。

「くそっ、せっかく、摑んだ糸口だったのに！」

俺は近くの木を殴《なぐ》りつけた。そうすることでこの苛立《いらだ》ちを紛《まぎ》らわせたかった。どうしてこうも上手くいかないんだと思ってしまう。次にクリスタルの情報が手に入るまでどのくらいの時間がかかるのだろうと少し絶望もする。その時だった。

「いたぞー！　追えー、追えー！」

近くから先ほどの兵士のものと思われる声が聞こえた。その声の方を向くと、こちらへ一人の少女が走ってくるのが見える。あれが、ユーレシュの王族か！

少女は後ろを振り返りながら走っているため、前方の俺にはまだ気付いていない。俺はさっと身を屈《かが》めると、彼女が俺の真近へ来たタイミングで、茂みの中へ彼女の体を押し倒した。俺と少女の体はもつれあいながら、上手く緑の中へ溶け込む。彼女は一瞬何が起こったのか分からないような表情をしたが、すぐに大声で暴れ始めたので「見つかりたくなかったら静かにしろ」と小声でつぶやき黙らせた。ほどなくして、近くをカシャカシャと鎧の音を立てながら兵士たちがやってくる。

「いたか？」

「いや、また霞《かすみ》のように消えてしまった」

「だが、この辺りに隠れているのは間違いない。俺はこっちを探すから、お前は向こうを探せ」

そう言って再び兵士が散開した。はてさて、急場はしのいだものの、咄嗟《とっさ》に生まれたこの状況、果たしてどうしようか。ひとまず目の前ですごい形相《ぎょうそう》で睨《にら》んでくるこの子に俺は味方だとなんとか理解させるところからだな。

「まず、俺は敵ではないと言っておく」

「……。この状況で信じろと？」

現在俺は彼女に馬乗りになって抵抗を抑えている状態だ。

「拘束を解いたらそのまま逃げられそうなんでな。話を聞いてもらうまでは少し我慢してほしい」

俺は極力高圧的にならないように彼女に言う。彼女は少し考えた後、はぁとため息をついた。

「それで、あなたの目的は何ですか？　思うにリーゼベトの兵士たちの仲間ではないようですが」

「用があるのはお前の首から下げられているそれだ」

彼女のペンダントにつけられている小さい宝石。それこそがまさにスキルクリスタルだった。

「金ですか？　それならこれでなくても、いくらかは手持ちがありますが？」

「いや、金が目的じゃない」

「……ということは、あなたは真にこれの力を知っているということなのですね」

さすが、王族。やっぱりこいつもこれの隠された機能について知っていたか。スキルクリスタルは、十歳になった子供にスキルを開花させるためにあるものだと知られている。故《ゆえ》にそれ以上の使い道はないというのが一般的な考え方だが、実はそれ以外にもう一つ、特殊な機能がある。

それは、普通の人はまず使うことがない、『スキルの追加』というものだ。なぜこれが普通の人が使うことがないのか。スキルの追加を行うためには、SPと呼ばれるものが必要となってくるのだが、一つのスキルを追加するのにSPが100消費される。このSPはレベルが変動するごとに1ずつ加算されていく。つまりは、レベル100に到達した時点で初めてこの機能を使用することができるということであり、リーゼベト王国の騎士団員でさえレベル40が平均の世の中で、この機能が使用されるなんてケースはあまりない。だからこそこの機能を知っている人間は、各国でスキルクリスタルを保有しているとされる王族か聖職者のみだ。

ではなぜ俺がこのことを知っているのか。それは俺が神の申し子と呼ばれていた数年前、俺の将来を有望視していた父から教えてもらったのだ。このままレベルが上がり続け100に達したならば、二つのスキル持ちになれるぞと。だからこそ五年前に気付くことができた。俺のこのレベルリセットというスキルの可能性に。

「では尚更《なおさら》あなたに渡すわけにはいきません」

彼女は頑《かたく》なな眼差しを向け、胸元のスキルクリスタルをギュッと握った。別にそれが欲しいわけじゃなくて、ただそれを使わせてほしいだけなんだが。

「どうしたら信じてもらえるんだ？」

「……」

彼女は俺の言葉を受け、少し考える素振りを見せた。そしてハッとした表情で口を開いた。

「私の奴隷になりませんか？」

「は？」

ぶっ飛んだ発想に思わず聞き返してしまう。

「ですから、私の奴隷にならないかと……」

「いや、それは聞こえてた。正気か？　という意味で聞き返したんだ」

奴隷とは、一般的に犯罪者かその親族がなるとされている。一部例外はあるが、奴隷になるということは、自分が過去に何かしらの罪を犯《おか》しましたと公言しているようなもの。だからこそ、俺もツヴァイトでは奴隷そのものじゃなく、それと同格という形をとられていたんだ。別に罪を犯したわけじゃないからな。

「恥ずかしながら今の私には与《くみ》してくれる者がいません。奴隷であれば、生殺与奪《せいさつよだつ》を握っている以上、私を裏切ることはできない」

「なるほど。絶対に裏切らない協力者が必要というわけか」

「はい。今は仲間が必要なのです。仮にそれが盗賊であったとしても」

盗賊って俺のこと？　俺のことなんだろうな。この状況からしてそう誤解されるのは仕方がないとして、彼女の言う裏切らないという言葉には少し心を揺さぶられるものがあった。それについては俺からしても魅力的な提案であるからだ。

まず、一つとしてスキルクリスタルをいつでも使用することができるようになるということ。

そしてもう一つは俺にとっても裏切らない仲間ができるということだ。奴隷の使役者《しえき》が奴隷を処罰することができるのは、使役者の意志に大きく反した時だけ。つまりは、彼女を裏切らない限り俺も彼女から裏切られることはない。

「分かった、それでいい。契約の仕方は王族なら知ってるよな？」

「はい。昔、いやいや覚えさせられました」

それが今生きてくるんだから、世の中っていうのは皮肉なものだよなと思う。拘束を解いた俺は、立ち上がる彼女の目の前に跪《ひざまず》いた。彼女はすっと息を吸い込み、目を閉じる。すると目の前に魔法陣が展開され始めた。

「我、ニナ・ユーレシュが命ずる。この者を我の名のもとに隷属《れいぞく》させよ！」

瞬間、魔法陣が俺の首元に纏《まと》わりつき、焼けるような熱さを感じる。せめて、焼き印《いん》を入れられるなら痛覚が戻る前にしてほしかった。数秒後、フッと痛みが引いていく。どうやら契約の儀式が終わったみたいだ。

「完了しました。あの、隷属させておいてなんですけど、本当に良かったんですか？」

彼女は申し訳なさそうな顔で俺に尋《たず》ねる。

「俺が選んだことだからな。だから早くスキルクリスタルを使わせてもらえないか？」

スキルクリスタルは国宝級の代物。たとえ奴隷堕《お》ちを対価としたとしても、貰い受けることのできるものではないことは俺でも知っている。

「分かりました。ですがSPが100ほどなければあまり意味がないと思うのですが？」

「俺を使役してるんなら俺のステータス見れるだろ？　確認してみろ」

普通ステータスは本人しか見ることができない。ただし奴隷の使役者は使役している奴隷のステータスを見るという特権が与えられる。

「えっと……」

彼女はそう言いながら俺のステータスを開いた。

＊＊＊＊＊＊＊＊＊＊＊＊＊＊＊＊＊＊＊＊＊＊＊＊＊

ラグナス・ツヴァイト
Lv：2
筋力：GG
体力：GG
知力：GG
魔力：G
速力：GGGG
運勢：GG
SP：3047

＊＊＊＊＊＊＊＊＊＊＊＊＊＊＊＊＊＊＊＊＊＊＊＊

スキル：【レベルリセット】

彼女は絶句していた。どっちの意味でかは知らないが。

「というわけで俺は今時点で三十個ほどスキルが修得できる状態にある」

「信じられません。それにあなたのこのスキル聞いたことがないのですが」

「それについてはおいおい説明する」

早くという意味を込めて俺は右手を出した。

「わ、分かりました」

彼女は俺に近づき、首元のペンダントをすっと差し出した。俺はそれを受け取り、そして念じた。すると、何やら俺の中からごっそりと何かが抜けるような感覚に陥《おちい》る。ちなみにどのようなスキルが手に入るかは完全にランダムで運次第。このあたりは開花の時と同じだ。徐々にスキルクリスタルが光を放ち始める。それは青色の光だった。まあ、あと二十九個スキルを手に入れられるし、最初はこんなものかと思っていると、クリスタルは緑色の光も発し始める。そして徐々に赤、銀、金という光をも纏い始めた。それはあの日と同じ、虹色の光。やがて虹色の光は集束し、俺の中に吸収されてく。俺はすかさず自分のステータスを確認した。

****
ラグナス・ツヴァイト
Lv：2
筋力：GG
体力：GG
知力：GG
魔力：G
速力：GGGG
運勢：GG
SP：0
スキル：【レベルリセット】【天下無双】
****

そこには天下無双という、これまた聞いたことがないスキルが追加されていた。というか、俺のSPが0になっているのはどういうことだ？　いやいや、今はそれよりもこのスキルの効果だ。レベルリセットのように分かりにくい効果でないことを期待したいが。

＝＝＝＝＝＝＝＝＝＝＝＝＝＝＝＝＝＝＝＝＝＝＝＝＝＝＝＝＝＝＝

天下無双
1分間ステータスが向上する。使用後はもともとのステータスが半減する。
1日に1度だけ使用可能。

＝＝＝＝＝＝＝＝＝＝＝＝＝＝＝＝＝＝＝＝＝＝＝＝＝＝＝＝＝＝＝

何だかとんでもないスキルのように見えるけれど、よくよく見ればこれはデメリットがすごいな。たった一分間の能力強化の代償がもともとのステータス半減なんて冗談でも使えるスキルとは言えない。でも、これもあのレベルリセットと同じ虹色のスキル。このデメリットを覆《くつがえ》す何かしら大きなメリットがあるのではないだろうか。

「天下無双……ですか。何やら強そうですが、どんな能力なんですか？」

彼女は俺のステータスパネルを見ながら俺に問いかけてくる。

「ん？　俺のスキルならお前も確認できるだろう？　自分のスキルの内容を確認するみたいにして」

「それが何故《なぜ》だか見れないんです。スキルの確認を念じても何も反応がなくて」

「使役者が確認できないスキル？　聞いたことがないな」

「私もです。ちなみにもう一つのレベルリセットというのも確認ができませんでした」

虹色のスキルは本人にしかその効力を確認することができないということか。仕方がないので、俺はこの二つのスキルについて彼女に説明をした。

「なんと言えばいいのか分かりませんが、癖《くせ》が強すぎるの一言に尽きますね。ただ、このレベルリセット、あなたの言うことを全て信じるならば、もはや今までの世界の常識が覆るほどの代物です。レベルやステータスの価値が、まったくないと言っているようなものなのですから」

彼女は手を震えさせながら俺のステータスを確認している。だろうな。俺も最初気付いた時は、その凄《すご》さに身震いが止まらなかったからな。

「そんな常識外れの奴を奴隷にしてみた感想は？」

「喜び半分、後悔半分といったところでしょうか。仲間としてはこんなに頼りになることはありませんが、反面私の手には余るのではないかと」

「そんな奴を使いこなして初めて王族の器《うつわ》とも言えるけどな。まぁ、兎《と》にも角《かく》にもこれからよろしく頼むよご主人様」

俺はそう言って右手を差し出す。

「私のことはニナで構いません。えっと……ラグナス」

彼女はそれに応《こた》える形で、俺の手を取り握手をした。

「いたぞ！　こっちだー！」

その時、俺の後方からこちらへ向けて声が飛んでくる。どうやら、見つかったらしい。リーゼベトの兵士たちの仕事の速さには感服する。

「ニナ、今レベルはいくつだ？」

「は、はい。21です」

少しばかり低いなと思う。俺と同い年ぐらいと考えると、それでも同年代の奴よりかは少しばかり高いのだが、何せ相手はリーゼベトの騎士団。最低でも倍は欲しかったところだ。レベル2とレベル21が共闘したところで勝ち目はない。となるとこの状況を打破する鍵はやはり先ほど手に入れた天下無双。一か八かコレに懸《か》けるしかない。

「ニナ、少しばかり失礼するぞ」

「えっ、えっ!?」

俺はニナをお姫様抱っこすると、天下無双を発動させる。瞬間、体の奥で漲《みなぎ》るほどの力が湧き上がる。そして、俺の体から虹色のオーラのようなものが溢れ出した。すかさずステータス画面を確認する。

****
ラグナス・ツヴァイト
Lv：2

筋力：SSSSS＋
体力：SSSSS＋
知力：SSSSS＋
魔力：SSSSS＋
速力：SSSSS＋
運勢：SSSSS＋
SP：0
スキル：【レベルリセット】【天下無双】
＊＊＊＊＊＊＊＊＊＊＊＊＊＊＊＊＊＊＊＊＊＊＊＊＊＊

思わず頭が混乱した。いや、これ向上するとかいうレベルじゃない。一番高い能力ってSじゃないのか？　SSSSS＋なんて見たことも聞いたこともないぞ。

「隊長、あそこです！」

俺はハッと我に返る。そうだ、こうしている場合じゃない。

「ニナ、落ちないようにしっかりつかまってろよ！」

そう彼女に投げかけ、俺は地面を蹴った。瞬間、周りの景色がゆっくりと流れていく。何故か俺が通った後は衝撃波のようなものが周りに広がっていき、木々がバキバキと倒れていった。

追跡者から逃れるために、俺は尚も必死で地を蹴り続けた。どんどんと後ろの兵士たちとの距離が広がっていくのが分かる。気が付けば俺は森の外にいた。だが天下無双の効果時間は終わっていない。できるだけ、遠く遠くと走り続けた結果、俺たちはウィッシュサイドまで戻ってきていた。多分時間にして十数秒だと思う。まだまだ天下無双の効果が切れる気配がない。一時間の道のりをわずか十数秒で戻ってきていたのだ。そして泡を吹いて気絶しているニナに対して、別に悪いことはしていないものの、とりあえずごめんと心の中で謝っておいた。

◇

「伝令です。ユーレシュの第一王女、ニナ・ユーレシュを取り逃がしたとの報告がありました」

薄暗い謁見《えっけん》の間《ま》、伝令のため、早馬を飛ばしていた兵士は蒼《あお》い顔をしながら告げた。

「そうか」

報告を受けた豪奢《ごうしゃ》な鎧に身を包んだ初老の男は短く答え、腰元の剣を抜いたかと思うと、それを鞘《さや》に納めた。瞬間、伝令の兵士の首が、血飛沫《ちしぶき》を撒《ま》き散らしながら後ろへ吹き飛んでいく。電気信号を送る器官をなくした体躯《たいく》は、銀色のタイルを赤く染めながら力なく横たわった。それを見ていた周りの恰幅《かっぷく》の良い貴族たちは、ごくりと生唾《なまつば》を飲み込み顔を青白くさせる。中には後ろを向き、込み上げるものを吐き出す者もいた。そんな中、煌《きら》びやかな椅子に座っていた丸々と太った一人の男が、ガタンと大きな音とともに立ち上がる。そしてその初老の男を指差して、大声でがなりたてた。

「ジュリウス、いつになったらニナは余の物になるのだ！　何のために長い時間をかけてロギメル、ディアイン、そしてユーレシュを落としたと思っておる！」

ジュリウスと呼ばれた初老の男は、そちらの方へ振り返り、恭《うやうや》しく跪《ひざまず》く。

「お言葉ですがロネ陛下。此度《こたび》の兵の采配は陛下の指示に従ったものです」

「余に意見をするな！　身の程を弁《わきま》えろ！」

ロネと呼ばれた男は手に持っていた盃《さかずき》をジュリウスに向けて投げつけた。ジュリウスはそれを避けることもせず、ただ頭に受けた。盃の尖《とが》った箇所が額《ひたい》に当たり、切れて血が流れ出す。

「申し訳ございません。分不相応な振る舞いをいたしました」

「フンッ」

ジュリウスの謝辞に対して、鼻を鳴らすことでロネは答える。それに対して、ジュリウスの表情は変わらなかったが、額には青筋が浮き上がっていた。

「次で最後だ。次失敗したら貴様の命はないものと思え！」

それに気づかず、ジュリウスに向け捨て台詞《ぜりふ》を吐くと、ロネは傍らに置いてあった少し大きめの桐《きり》の箱を覗《のぞ》いた。

「もう少しだ。もう少しで貴様の娘は余の物になる。楽しみだなぁ、オリヴィア」

ロネはにやつきながら、桐の箱を持ち上げると、イソイソと自室へ戻っていった。静寂が謁見の間を包む。

「身の程を弁えるのは貴様だ。醜《みにく》い狂った豚め！」

ジュリウスは誰にも聞こえぬよう小声でそう呟《つぶや》き、立ち上がる。

「フォーロックを呼べ」

「はっ！」

ジュリウスの呼びかけに呼応して、一人の兵士が返事をする。その兵士は謁見の間を飛び出していった。数分後、その兵士に引き連れられる形で、一人の若い騎士が姿を現す。

「フォーロック・アレクライト。ここに参上仕《つかまつ》りました」

フォーロックと名乗った男は、ジュリウスの前に恭しく跪く。

「うむ」

それを確認して、満足そうにジュリウスは頷いた。

「フォーロック。お前の隊にニナ・ユーレシュの捜索を命ずる。これは王の勅命《ちょくめい》だ、必ず遂《すい》行《こう》してみせよ」

すると、フォーロックは顔を晴れやかに輝かせた。

「はっ、ありがたき幸せ。リーゼベト七星隊の名に懸《か》け、必ずやご期待にお応《こた》えしてみせます。ジュリウス総隊長！」

フォーロックは胸に手を当てて返事をし、颯爽《さっそう》と謁見の間を出ていった。

「真っすぐで従順な若者ほど使い易いものはないな」

小さく呟かれるその言葉もまた、彼以外に聞こえるものなどいなかった。

◇

ウィッシュサイドから少し離れた交易都市ヨーゲン。そこにラグナスとニナの姿はあった。

宿屋の一室のベッドにニナは横になっており、ラグナスは傍らで考えに耽《ふけ》っていた。

「結局、何故俺のSPは０になってしまったんだろうか」

何度考えても行きつく答えは一つ。天下無双という虹スキルと引き換えに全ロスト。これしかなかった。

「だが、普通の消費量は１００だぞ？　１００でも相当だというのに、３０００あったSPが一瞬で消えるなんてありえないだろ？」

本来ならば三十個ほどスキルを手に入れる予定だったのが、天下無双という使いどころが限られるスキルに全てを持っていかれた。とはいえ、この天下無双のおかげで兵士たちから逃げ切れたのも事実。ウィッシュサイドでさえ危険と判断したラグナスは、逃げるなら限界までと効果が続く限り走り続けた結果、このヨーゲンに辿り着いた。

「まあいいか。SPはまた増やせばいい。この天下無双を使えば、今まで困難だったレベル上げもできるかもしれないしな」

一分間だけステータスが向上するスキル。これを例えば恐ろしいほど強いモンスターの前で使って倒せば、一気にレベルが上がり、SPが今までよりも早く上がるのではないかという目算だ。100ほど溜めるのに、今までだったら五十日～百日かかっていたが、上手くやれば十日、果ては五日程度で十分だと俺は踏んでいる。だがまず確認したい問題は俺のステータス。これがどうなるか、だ。俺は、ステータス画面を開き、自身のステータスを確認した。

＊＊＊＊＊＊＊＊＊＊＊＊＊＊＊＊＊＊＊＊＊＊＊＊＊

ラグナス・ツヴァイト

Ｌｖ：３

筋力：ＧＧ

体力：Ｇ

知力：Ｇ

魔力：Ｇ

速力：ＧＧ

運勢：Ｇ

ＳＰ：１
スキル：【レベルリセット】【天下無双】
＊＊＊＊＊＊＊＊＊＊＊＊＊＊＊＊＊＊＊＊＊＊＊＊＊＊

恐らくとんでもないスピードで走り続けていたお陰でレベルが1上がった。が、ステータスは全体的に低下をしている。恐らく半減した結果こうなったのだろう。そして数時間経《た》った今現在でもそれが戻らないということは、やはり半減されたステータスは元には戻らないということに他ならない。本来なら、これもゴミスキル認定されるが、俺の期待にも似た考えが正しいとするならば、もう少しでそれが証明される。俺は壁にかかっている時計を見ながらカウントダウンをした。

３、２、１、０

長針と短針が、『Ⅻ』の位置で重なり合う。それと同時に俺はステータスを開いた。

＊＊＊＊＊＊＊＊＊＊＊＊＊＊＊＊＊＊＊＊＊＊＊＊＊＊

ラグナス・ツヴァイト
Lv：1
筋力：G
体力：G
知力：GG
魔力：G
速力：GG
運勢：GG
SP：2
スキル：【レベルリセット】【天下無双】
＊＊＊＊＊＊＊＊＊＊＊＊＊＊＊＊＊＊＊＊＊＊＊＊＊＊＊＊＊＊

……よし。俺は思わずガッツポーズを取る。やはり俺の考えは正しかった。レベルリセットの効果で、ステータスがリセットされた。つまり、天下無双のデバフが打ち消されているということになる。普通の人間ならば、ステータス半減など致命的な欠陥。だが、俺は違う。毎日レベルが1に戻る俺にとって、ステータスが半減したところで大した影響はない。更に言えば天下無双のスキルも消えていなかった。やはり入手したスキルはリセットされないんだ。五年間仮説だった答えが今はっきりとして、俄然《がぜん》俺の中で希望が溢れてくる。

「ん……」

俺が一人喜んでいると、ベッドの方からニナの声が聞こえた。そちらを見ると、ベッドからむくりと起き上がっている。どうやら目が覚めたみたいだ。

「よう、寝坊助《ねぼすけ》。やっと起きたか」

俺はニナに向けて声をかける。

「ラグ……ナス？　ここはどこですか？」

虚《うつ》ろな目でニナは辺りをキョロキョロと見回す。

「ここはヨーゲンの宿屋だ。とりあえず森から大分離れているから、追手は撒けたと思うが」

「そうですか」

俺の返答にニナは安堵《あんど》の表情を浮かべる。そして、自分の姿を見てハタと凍り付いた。

「ああ、服か？　長い間森を走りまわってたんだろう。泥と汗でベトベトになってたからな。お前の身体拭《ふ》くのにも邪魔だったし、ここの女将《おかみ》さんに洗濯しといてくれって渡した」

「ダレガヌガシタノ？」

急にカチコチと身を強張らせ、片言めいた口調になるニナ。どうしたんだ急に。

「俺以外ないだろう。ちなみに身体を拭いたのも俺だ。主人想いの奴隷に感謝しろよ」

フンと胸を張って言ってやった。俺ってば気が利《き》くからな。伊達《だて》に奴隷扱いの二年間は無駄

ではなかったということだ。

「……なさい」

「え？」

「死になさい！　このド変態！」

彼女がそう大声を張り上げた瞬間、俺の首元がカッと熱くなって体中に電撃が走った。

「あばばばばば」

「信じられません！」

彼女は毛布に包《くる》まり俺から距離を取る。なぜなのか、良かれと思ってやったのに。俺はそんな疑問を抱きながら、電撃に意識を持っていかれたのだった。

第3話 ◆ 大猪討伐戦

Chapter 3

「なぁ、まだ怒ってるのか?」

「……」

ニナはツンとした表情でそっぽを向き、口を利《き》いてくれない。はぁ、と俺はため息をつく。

結局あのまま朝を迎えた俺は、ニナに頭から水をかけられることで起床した。いや、奴隷だから文句は言わないけれど、もうちょっと起こし方とかあると思う。確かに普通ならば女の子の服を脱がすのはいろいろとダメだと思うけれども、俺って奴隷だぜ。奴隷が主人の身の回りの世話をするのは当たり前だと思うんだが、違うのか? と尋《たず》ねたら、無言でビンタされた。本当に理不尽な世の中だ。それでもまぁ、奴隷という立場上、主人のご機嫌取りに悪戦苦闘しているわけだけれど、このご主人様はずっとむくれ顔で話すら聞いてくれない。せめて、これからどうしていくかぐらいは話しておきたいところなのに。というわけで現在は無言のまま、泊まっている宿屋で遅めの朝食を二人でとっていた。気まずい。

「おや、昨日の子たちじゃないかい」

無言で食事をしていると、俺の背後から恰幅《かっぷく》のいい女将《おかみ》さんが現れた。それで俺の肩をバンと叩く。力加減を考えてほしいな。ちょっと痛い。

「この子が意識のないアンタを大事そうに抱《かか》えて訪ねてきた時には何事かと思ったけど、元気そうで何よりだよ」

そして、アハハハハと俺の横で高笑いをした。鼓膜が弾《はじ》けそう。

「そうなのですか？」

ニナはおずおずと女将さんに尋《たず》ねた。

「そうさね。気になってその後を少し見ていたけど、甲斐甲斐《かいがい》しくあんたの面倒を見ていたよ」

「そう……なのですか？」

今度は俺に尋ねてくる。気のせいか少し申し訳なさそうに。

「ん？　まあご主人様だし。当然だろ」

ニナが気絶したのは俺のせいでもあるし、何度も言うが奴隷が主人の身の回りの世話をするのは当たり前だと思うからな。奴隷扱い二年間で染《し》みついた根性が捨てきれないのがどうも悲しいが。

「そうですか」

そのままニナは黙ってパンをちょびちょびと食べ始めた。女将さんは俺たちのやり取りをニヤけた表情で見ていたけれど、やがて「おっと、鍋を火にかけっぱなしだったね」と厨房《ちゅうぼう》の方へ戻っていった。再び俺たちを静寂《せいじゃく》が包むが、意外なことにそれを破ったのはニナだった。

「ニナでいいと言ったはずです」

彼女はパンを食べるのをやめると、ポツリと呟《つぶや》いた。

「え?」

何の話?

「ですから、ご主人様ではなくニナと呼んでくださいとお願いしたはずです。形式上、主人と奴隷ですが、ラグナスとは対等な関係でいたいと思っていますから」

ニナの目は真剣そのものだった。その表情に思わず面喰らってしまうが、そういえばさっきご主人様って俺言ってたな。別に意図したわけじゃないんだが、つい咄嗟《とっさ》に口から出てしまった。失言だったたか?

「ごめん。気を付ける」

とりあえずそう返すと、満足そうに頷《うなず》いた後、また申し訳なさそうな表情に戻った。

「それと、昨晩は少しやり過ぎました。あなたは私のためにそうしてくれていたのに。すみません」

「い、いや、俺の方こそ、奴隷はそうするのが当たり前だと思ってたからさ。もうそういう考えはしないようにする」

「はい、よろしくお願いしますね。ラグナス」

そう言いながら彼女は満面の笑みを浮かべた。俺にはそれが何だか一瞬、神々《こうごう》しいものに見えた。彼女の金色の長い髪が、窓から差し込む光で輝いていたのも理由の一つかもしれない。

「それで、結局今後はどうするんだ？」

朝食を食べ終えた俺は、まだちょびちょびとパンを食べていたニナに尋ねる。彼女はパンを皿の上に置いて、うーんと悩み始めた。

「逃げるのに精一杯で正直何も考えてはいませんでした。ラグナスはどうしたらいいと思いますか？」

彼女は小首を傾《かし》げながら俺に尋ねる。どうしたらいいって俺に聞かれてもな。

「ここはアスアレフの王都の隣町だし、さすがにこんなところまでリーゼベトの兵士も追ってはこないだろう。だから、ここでしばらく身を隠すというのはどうだ？」

俺の提案を受け、ニナはまた深く考え込む。

「先立つものはどうします？」

「ニナがある程度持っているんじゃないのか？　金が目的なら――って俺に言ってたろ？」

「そんなの嘘に決まってるじゃないですか。油断したところで隙《すき》を見て逃げるつもりでしたから」

「そ、そうか。意外と強《したた》かなんだな。じゃあこれも俺からの提案なんだけど……」

と、俺は一つニナに進言をした。それはギルドでクエストを受けながら日銭を稼《かせ》ぐというものだ。手っ取り早くレベルを上げられて、かつ、金が稼げる一石二鳥のこの方法が最適解だと判断したからだ。俺としても早くSPを上げていきたいし。そしてそれを説明するついでに、昨晩俺が気付いたスキルのことについてもニナに伝えておく。ニナはしばらく目を丸くしながら聞いていたが、聞き終わると、「逆に私の方が釣り合わないかもしれないですね」と言って笑っていた。いや、亡国の、とはいえ、王族とその日暮らしの俺を比べたら見劣りするのは絶対に俺の方だと思う。その後、しばらくニナと相談して、やはり俺の案が一番だろうという結論に達した。

「んじゃ、早速ギルドに行って、ニナの登録からだな」

善は急げと、俺が立ち上がろうとすると、ニナから「待ってください」と制止がかかった。

「まだ食べ終わってないです」

「あ、悪い」

見れば、まだ皿の上の料理は半分程度しか減っていない。俺は椅子に座りなおすと、ニナの食事風景を眺めることにした。

ちょびちょび。パク。

ちょびちょび。パク。

「そんなに見つめられると恥ずかしいです」

「いや、もうちょっと食べるペース速くならないかなと思って」

「す、すみません」

彼女はそう言うと、焦《あせ》って再びパンを食べ始めるのだった。それでも食べるペースはそんなに変わらなかったけど。いや、別にいいんだけどな。

朝食を食べ終えた俺たちは、その後ヨーゲンのギルドを訪ねた。ニナはギルドを訪れるのが初めてらしく、キョロキョロと辺りを見回している。ちなみに朝食の時に話を聞いたが、ニナはユーレシュの第一王女らしい。やっぱり世間から離れているとこういう場所は珍しいんだろうな。

「これ書いて出せば登録できるぞ」

俺はニナが物珍しそうにギルドを見て回っているうちに、受付から申請用紙を貰《もら》い、ニナへ渡す。

「分かりました」

ニナは二つ返事で申請用紙を受け取ると、近くにあった記載台でそれを書き始めた。

「ちなみに名前は偽名でも構わないから、とりあえず適当に書いとけ。身バレすると面倒くさいしな」

「なるほど。ちなみにラグナスはラグナスで登録してるんですか？」

「いや、俺は『ロクス』という名前で登録してるな」

「由来とかあるんです？」

「小さいころ読んだ本の著者から拝借した」

確か、ロクス・マーヴェリックという名前だ。

「あー、そういう感じでいいんですね。じゃあ私はこれで」

そう言いながら彼女は申請用紙に『アールヴ』という名を記入した。確か、古代語で小さき精霊という意味だったか。

「意外と可愛い趣味」

「ほっといてください！」

ニナは少し赤くなりながら、その用紙を受付まで持っていった。

受付に申請用紙を渡すと、簡単なチェックの後、白色の長方形のプレートが付いたペンダントがニナへ手渡される。

「これ、何ですか？」

「ギルドプレートだ。その色で自分が今どのランクかを示すものだから、必ず体のどこかに付けておくんだぞ」

そう言って、俺は腰元にぶら下げている黄色のプレートを見せた。ちなみに白色がGランク、黄色がFランクを表している。

「これって、首から下げておかなくてもいいんですね」

「適当に見えるところに付けておけばいいらしいぞ」

な？　と受付係に同意を求めると、「はい、そうですね」と言って笑顔で頷いてくれた。だから、俺はペンダントの紐《ひも》を切って外し、プレートの穴に短めのチェーンを通して、ズボンのベルトループに付けている。

「そうなんですね、良かったです。ちょっと、これを首から下げるっていうのは……」

「ダサいよな」

ニナが言い淀《よど》んでいたので俺がその後を引き継ぐと、受付係はアハハと苦笑いしていた。

「さて、じゃあ早速クエストを見に行くか」

「はい」

俺はニナを連れて、ギルドの最奥《さいおう》、クエストが張り出されている掲示板を見に行く。

「んー、やっぱこの時間だから美味《おい》しいクエストはないな」

クエスト内容と報酬を一通り見て、やっぱりなと頭を掻いた。クエストは本部クエストと呼ばれるものと、支部クエストと呼ばれるものの二種類がある。前者は、ギルド組織そのものに対し国などからクエストが依頼されたものであり、難易度は千差万別だが報酬は難易度に見合っているものが多い。対して後者は、その土地の支部に対して個人からクエストが依頼されたものであり、これも難易度は千差万別であるが、報酬が難易度に合っているとは限らない。簡単なクエストで報酬が高い場合もあれば、その逆もまたしかりだ。この二種類のクエストのうち、新規のものは朝一番で張り出される。そしてクエストを受けるのは早いもの勝ち。そうなると、当然ながら支部クエストのうち難易度に比して報酬が低いものが残る。今ざっと見ただけでも、多分ほとんどが塩漬けになっているようなものばかりだろう。

「また、明日出直すか?」

俺がニナへ尋ねると、ニナはブンブンと首を横に振って一枚のクエスト紙を指差した。

「これを受けましょう」

+++++++++++++++++++++++++++++++

【緊急クエスト】

推奨ランク:C

依頼人:アルニ村村長

依頼内容:大猪《おおいのしし》一体の討伐《とうばつ》

報酬:15万エール

一言:毎日のように村の作物が荒らされ、このままでは餓死してしまいます。
どうかお助けください。

+++++++++++++++++++++++++++++++

よりによって俺が一番ないと思ったやつを選んだな。

「一応聞く。どうしてこれなんだ」

「緊急とあります。このままではこの村の方々が飢えて死んでしまうかもしれないのですよ？　放っておけるわけがないでしょう」

「そうか。とりあえずこのクエストの意味を説明するぞ」

　ギルドのランクでCが意味するのは『上級』だ。つまり、相当の手練《てだ》れでないと相手にならないということに他ならない。そしてCランクの依頼をするにあたっての相場は、最低二百万エールと言われている。今回の報酬はそれの十分の一以下だ。はっきり言ってしまって、これはゴミクエスト。

「ということだ」

「そうですか。でもそれがどうしたというんです？」

　ニナは少し怒気をはらんだ口調でそう言うと、キッと俺を睨《にら》んだ。

「誰もやらなければこの方々がどうなるかは、容易に想像ができるじゃないですか」

「そりゃあ、まあ、いい結末にはならないだろうな」

　餓死するのを待つか、はたまた村人全員玉砕覚悟で大猪に挑んで返り討ちに遭《あ》うか。仮に勝てたとしても推奨ランクCだ。被害はかなりのものになるだろう。

「それが分かっているのであれば答えは一つでしょう？　あなたが来てくれなくとも私は行きます」

ニナはそう強く告げると、掲示板に張ってあったそのクエスト紙を剝《は》がした。受付に持っていってクエストを受けるためだろう。やれやれと俺はため息をつく。七年前だったら、神の申し子と呼ばれていた俺のままだったなら、こんな真っすぐな考えができたかもな。

「レベル21のくせして、生意気なこと言ってんじゃねえよ」

そう言って俺はニナからクエスト紙を奪い取った。

「これは俺が受ける。報酬はともかくとして、レベルアップには最適だろうからな」

幸いなことに敵は一体のみだ。天下無双のスキルを使えばどうということはないだろう。恐らくニナも、俺の力を知ってるからこそこのクエストを選んだんだろうしな。クエスト紙を奪い取られたニナは一瞬呆気《あっけ》に取られた顔をしていたけれど、すぐに笑顔になり、駆け足で俺の後をついてきた。

「レベル1に言われたくありませんね」

彼女はそんな軽口をたたく。

「うるせ。俺はもともとレベル52だ」

だから俺も、負けじと笑顔でそう返してやった。そして、クエスト紙を受付に持っていった俺たちは無事クエストを受けることができたのだが……。

「ったく何なのでしょうか、あの受付の人は！」

ニナは怒り心頭といったご様子で俺の横を歩いている。

「命を粗末にしてはいけません、って余計なお世話ですよ！」

「親切で言ってくれてたんだからそんなに怒るなよ」

「ラグ……ロクスは悔しくないんですか！　あんな言われ方をして」

今、ラグナスと言いかけて慌《あわ》てて言いなおしたな。まぁセーフとするか。俺はニナに、これからはロクス、アールヴで呼び合うことを強制している。不用意に俺たちの会話を聞かれて身バレするのがやはり一番怖いからだ。

「悔しいも悔しくないも、FランクとGランクのペアが推奨Cランクのクエストに挑むほうが無謀だって話なんだよ。普通はな」

「確かに、無謀と思われるのは仕方ないのかもしれません」

くっ、とニナは唇を噛む。

「だろ？　でも、とりあえずクエストは受けれたんだし、それだけでもまずは良しとしようぜ」

推奨ランクとは飽くまで推奨。Cランク以下でもクエスト自体は受けれる。ただ、やはり達成率は格段に下がるので、ギルド側から止められることは非常に多い。ちなみに今回のクエストを受けるために受付で俺たちは一時間粘った。正確にはニナの絶対に引き下がらないといった表情に根負けした受付係が、渋々受理してくれただけなのだけれど。

「――、そうですね。ロクスの言う通りかもしれません。結果、私たちはクエストを受けれたのですから、文句を言っていても時間の無駄でしたね」

それにと彼女は続ける。

「自分たちよりも上の推奨ランクのクエストをこなすとランクを上げやすいんでしたよね？　そうやってランクを上げていって、次は文句を言わせなければいいだけの話なんです。頑張りましょうね、ロクス！」

そうやって、彼女は俺に笑ってみせた。ポジティブなのは結構なことだが、受付係は文句を言っていたわけじゃなくて、単に俺たちの身の心配をしていただけだと思うぞ。

「そうだな。アールヴ」

ただ、そんな彼女の奮《ふる》い立った決意に水を差すのも悪いので、俺はとりあえず適当に返事だけしておいた。俺たちの目的のアルニ村は、ここから馬車で二時間ほどかかる。自前の馬車を持っているわけではないので、必然的に運輸に携《たずさ》わる商人を頼らなくてはいけない。ここは交易都市ということもあって、そういった業者は歩いていればちらほら見かける。試しに近くにいた商人に声をかけてみた。

「すまない、ちょっと尋ねたいんだが」

「なんだい」

「アルニ村まで馬車でお願いしたいんだが、二人でいくらだ？」

「そうだねえ」

商人は計算器具を取り出し、パチパチと計算をし始める。

「片道一人六万エール、二人で十二万エールだね」

「徒歩で行きましょう、ロクス」

ニナの即断の結果、徒歩になった。往復したら赤字だもんな。仕方ない。ちなみに俺の「天下無双」で行こうかと提案したら、全力で拒否された。理由は……、まぁ分かる。アルニ村は、村と名は付いているものの、そこまで辺鄙《へんぴ》な場所にあるわけでもないし、街道沿いに歩いていけばいいので、モンスターとかにも出会わないだろう。俺とニナは、最低限のものだけ適当なアイテムショップで揃《そろ》え、ヨーゲンを後にした。

「ロクス、ワイルドラビットです」

町を出てすぐモンスターとエンカウントした。レベル1は運勢の値《あたい》も低いから困るんだよな。これは俺のせいかもしれない。でもワイルドラビットは初心者でも余裕で倒せるぐらいの弱いモンスターだ。すばしっこいが、そのスピードはついていけないほどではない。レベル1じゃなければ。

「ロクス！　そっちに行きました！」

「キキッ！」

「ゴフォアアッ」

俺は、鳩尾《みぞおち》辺りに突進を喰らって一メートルぐらい吹っ飛んだ。ふっ、と過去の出来事の記憶が走馬灯《そうまとう》のように流れる。

「ファイアーボール！」

俺に体当たりして、一瞬動きが止まったワイルドラビットを、ニナの火球が捉《とら》える。ワイルドラビットは奇声を上げながら、炎に包まれて灰になって消えた。

「大丈夫ですかロクス？」

「いや、平気。ぶつかられた時は死んだと思ったけど、今は何ともない」

吹っ飛ばされ、何とか立ち上がった瞬間に痛みがすっと引いていった。衝撃だけで威力はそうでもなかったのかもしれない。あの走馬灯は何だったんだろうか。

「良かったです。骨が二、三本折れてそうなほどの音がしたのでもう駄目かと思いました」

「そんなにエグイ音してたのか」

飛ばされた時は一瞬気絶しかけたので気が付かなかった。もう一度おなかの辺りを触ってみるが、やはり何ともない。

「もしかしたら、ワイルドラビットがダメージを受けた音だったのかもしれないな」

「そうですね。今のロクスを見ているとそうなんじゃないかと思います」

ワイルドラビットはニナの魔法で消えてしまったので確かめる術《すべ》はないけれど、現状、俺がピンピンしているのでそういうことなんだろう。

その後、俺たちは何度もモンスターとエンカウントしてしまい、結局今日中にアルニ村に辿り着くのは不可能だということで途中の宿場町で一泊した。そして翌日も朝一番で出立《しゅったつ》したのはいいものの、引き続きエンカウントを続けた結果、アルニ村に到着したのはお昼過ぎになってしまった。

「ここがアルニ村ですね」

「何というか、閑散《かんさん》としているな」

入り口の標識からアルニ村だというのは分かるのだが、人の気配を感じない。

もしかしたら手遅れだったか？

「とりあえず誰かいないか探してみよう」

「そうですね」

俺たちは、アルニ村へと入り村人がいないか探索する。すると、奥に行った辺りで、一人の老婆を発見した。とりあえず全滅はしていないみたいでホッとする。

「お婆《ばあ》さんこんにちは」

ニナが笑顔で話しかける。

「おや、旅の人かい？　こんなところに何の御用で？」

お婆さんもニコやかな笑顔で返してくれた。そこで俺とニナはここに来た理由を説明した。

「ま、まさか本当に来てくれるとはねえ。ちょっと村長さんを呼んでくるから待っておくれ」

そう言うと、老婆はゆっくりとした足取りでどこかへ行ってしまった。数分後、老婆に連れられ、一人の白髪の男性が姿を現す。

「私が依頼させていただいたアルニ村の村長の、ケールといいます。詳しい内容は私の家でお話しさせてください。どうぞ、こちらへ」

村長と名乗る男、ケールにそう促《うなが》され、俺とニナはその人の後に付いていく。そのまま村長の家へ通されると、大猪に襲われるようになった経緯《いきさつ》を聞いた。どうやら村の人間が大猪の子供を狩ろうとしていたところを見つかり、執拗《しつよう》に追い回された挙句、村の位置を特定されてしまったらしい。村の畑は荒らされ、事の発端《ほったん》となった村人やその他何人もが大猪の牙の犠牲となったそうだ。現在村が閑散としているのは、大猪を恐れた村人たちが家に閉じこもってしまった結果らしい。

「報復か」

村人たちが生きるためとはいえ、大猪からしたら自分の子供を襲われたのだ。それが今も続いているのを考えると、その怒りは相当なものだろう。

「何とも言えませんね。正しいこととは何なのかを考えさせられます」

「そんなことは関係ないだろう」

迷いが生じたニナに対して俺はピシャリと断言した。

「食うか食われるかの世界に正義や悪はない。殺《や》るか、殺られるかだけだ」

「そんな、言い方……」

「それで村長。大猪の来襲はいつ頃になる?」

ニナの抗議を遮《さえぎ》って、俺は村長へ言葉を投げる。彼女の言いたいことも分かるが、今は時間の無駄だ。

「いつも通りであれば、日が暮れた頃に姿を現します。それまでは家でゆっくりしていただいて構いませんので」

「分かった」

俺は頷くと、使っていいと言われた部屋に案内をしてもらい、ベッドへ横になった。すると、ニナはすごく納得をしていないといった表情で、横たわる俺の傍《かたわ》らにやってくる。

「ロクス。さっきのことなのですが……」

「これは人間と大猪の、それぞれが自分の守りたいもののための喧嘩《けんか》だ。強《し》いて言うなら、それぞれが思う正しいことのために動いているんじゃないのか？」

そして、俺はチラとニナの方へ目を向けた。

「で、お前はどっちに付くつもりなんだ？」

「そ、それは勿論《もちろん》村の側ですけど……」

「じゃあ、うだうだ考えてないで今晩の戦いのために体力残しとけよ。いざって時に動けない奴ほど使えないものはないんだからな」

俺はそれだけ言うと彼女に背を向ける。

「――いちいち正論ばかりですねロクスは。レベル1のくせに」

そんなニナの小さな呟きを背に受けながら、俺は黙って目をつむった。

そのまま俺は数時間ほど仮眠を取り、起きて軽い食事を済ませる。その後の軽いウォーミングアップ中にニナが不思議そうな顔で尋ねてきた。

「ねえロクス。ロクスの力があれば苦戦はしないと思いますが、何故《なぜ》そこまで準備を徹底するんですか?」

恐らくニナはこう言いたいのだろう。どうせ、天下無双で一撃なのにどうしてそこまでするのかと。まぁ、相手はキレた大猪一頭だけだし、それもそうなのだが……。

「念を入れるに越したことはないだろう。戦いは何が起こるか分からないしな」

「そういうものなのですか」

「そういうもんだ」

そして軽く体が温まったところで、遠くから地響きが聞こえてきた。

「おいでなすったみたいだ」

「ですね。頑張りましょう、ロクス!」

村長の家を出て、俺たちはその音がする方へ小走りで近づく。少しでも村に被害を出さないために、できるだけ村から離れた位置で迎撃したいところだ。ある程度走り、村を出るとすぐにそいつが視認できた。まだ少し距離はあるから正確には分からないけれど、推定で俺の身長の倍、三メートル以上は確実にある。大猪と呼ばれるだけのことはあるなと思った。

「アールヴ。あいつの足止めできるか?」

「了解です」

そう言って、ニナは両手を大猪の方へ向けた。

「『アースバインド』」

彼女がそう唱えると、地面からツタが生え、大猪の後ろ足に絡《から》みついた。足を取られた大猪は、勢いのまま鼻を地面に叩きつける。それを確認した俺は瞬時に天下無双を発動させた。その刹那《せつな》、虹色のオーラに包まれ、力が溢《あふ》れ出てくる。俺は地面を蹴り、瞬間移動のごとき速さで大猪に迫ると、思い切り顎《あご》目掛けてアッパーを繰り出した。

「終わりだ!」

俺の拳が大猪に当たった瞬間、大猪の顔が血飛沫《ちしぶき》とともに弾け飛び、体躯《たいく》は空高く舞い上がった。そして、ドシンという音と同時にそれが地面に落ちてきた。

「お、終わったのですか?」

ちょうど天下無双の効果が切れたタイミングでアールヴが駆け寄ってくる。

「ああ。やっぱりこのスキルの前では大したことはなかったな」

改めて自分のこのスキルに戦慄《せんりつ》する。Cランク相当とされるモンスターでさえ一撃で屠《ほふ》れるこの力は、とんでもないものだなと。その後俺は大猪の解体を始めた。当座の分の村人たちの食料になるし、牙と骨は武具にしてもいいし、最悪、金にも換えられるからだ。ちなみに、雄だったらしく、精巣《せいそう》も上手《うま》いこと切り取っておいた。猪のコレは薬屋に持っていくと滋養強壮の薬として高く売れるからな。それに、アイテムボックスに収めようと思うと、手に持てるぐらいのサイズにしておく必要がある。アイテムボックスとは空間魔法の一つで、異空間に物を収めておくことができるというものだ。

「なあアールヴ。アイテムボックスの容量ってどのくらいだ？」

容量は、その人物の魔力の総量で決まる。ちなみにレベル１の時の俺の容量は、この護身用の剣が一本収まる程度だ。

「えっと、この大猪一頭分ぐらいでしたらギリギリ大丈夫です」

ある程度何かしら入っているのか、ごそごそと確認した後彼女はそう告げる。

「そうか。結構入るんだな」

これが丸っと入るということはそこそこの魔力なんだなと思う。今までの戦い方からも、もしかしたらニナは魔法適性が高いのかもしれない。

「何だか初めてロクスに勝った気がします」

「言っとけ。ほら、解体できたところから収納していってくれ」

二人でえっちらおっちら解体と収納を繰り返し、一時間ほどで全ての作業を終えた。

「やっと終わりましたねー」

ふぅ、とニナは汗をぬぐった。

「それじゃあ帰りますか」

　ドシン。

「ああ、そうだ……、ん？」

　気のせいか？

「どうしましたロクス？」

　ニナが俺の顔を覗《のぞ》き込んでくる。さっきの音に気付かなかったのか？

「いや、何でも……」

　ドシン。ないと言いかけたところで、再び先ほどと同じ音がする。今度はニナも気づいたのか俺の顔を慌てて見た。

「この音、何なのでしょう」

　声に少し焦りが感じられる。ドシンという音はどんどんと近づいてくる。やがて、その音が間近まで迫った時に俺たちの目でもはっきりとそれが見えた。

「お、大猪……」

　アールヴの声は完全に動揺していた。気が合うな、俺も今同じ状態だ。背中の汗が尋常《じんじょう》じゃない。倒したと思ったのに、何故か別の大猪がこちらへ向かってきたんだからな。そんな中でもこの理由を頭の中で考える。何故こういう状況になるのかと。そして、俺は村長の言葉を思い出し、ハハハと乾いた笑いを浮かべた。どうして、キレた大猪が一頭だけだと思い込んでいたのか。自分のバカさ加減が笑えてくる。

「ロクス？」

「そりゃそうだよな。自分の子供が襲われて、怒っていたのはお父さんだけじゃなかったってことだ！」

ブモオオオオオオオ！　大きな鳴き声とともに、その雌だと思われる大猪は、こちらへ向け突進を開始した。

「構えろ、アールヴ！」

呆然と立ち尽くすアールヴに俺は檄《げき》を飛ばした。はっ、と我に返った彼女は、腰元のレイピアを抜き、構える。まだあいつとの距離はある。俺はその間に自分のステータスを確認した。

＊＊＊＊＊＊＊＊＊＊＊＊＊＊＊＊＊＊＊＊＊＊＊＊＊＊＊＊＊

ラグナス・ツヴァイト
Lv：88
筋力：DD
体力：EEEE＋
知力：E＋
魔力：E＋

速力：EEEE＋
運勢：EEE＋
SP：99
スキル：【レベルリセット】【天下無双】

＊＊＊＊＊＊＊＊＊＊＊＊＊＊＊＊＊＊＊＊＊＊＊＊＊＊＊＊＊

想定以上にレベルは上がっているものの、やはり天下無双の副作用によるデバフが厳しい。

こんなところでこのデメリットの弊害に足を引っ張られるとは思ってなかった。

「ロクス。撤退はできないのでしょうか」

冷や汗を垂らしながら、ニナは俺の方を見てそう言う。

「旦那殺されてるんだぞ。見逃してくれると思うか？」

ブモオオオオオオ！　という猛々《たけだけ》しい咆哮《ほうこう》が、そうはさせないという意気込みを物語っている。ニナもその考えは無意味だと分かってくれたのか、再び大猪の方へ向き直った。

「私がやってみます」

すると何を思ったのかニナがやる気に満ちた顔でそう言う。

「策があるのか？」

「私のスキルを使います」

ニナのスキル？　そういえば聞いていなかったなと思う。具体的な年齢は聞いていないが、彼女は恐らく俺と同い年くらい。となれば、リーゼベトで言うところのスキル開花式は既《すで》に済ませているのだろう。ユーレシュにそんな儀式はなかったとしても、それをするためのものを首からぶら下げているのだから、スキルを保有していても不思議ではない。

「ですから、私が詠唱《えいしょう》を完了させるまで時間を稼いでいてほしいんです」

詠唱をするということは、少なくとも中級以上の魔法を発動させるということなのだろう。つまりアールヴのスキルは魔法関連ということになる。

「どのくらいで終わる？」

「二十五秒程度あれば」

上級以上確定だな。中級だとその半分くらいでいいはずだ。アースバインドのような下級魔法は詠唱なしでも発動できるが、中級や上級となれば話が変わる。詠唱をすることで精神を安定させ、魔力量をコントロールし、暴発を防ぐのだ。それこそ中級や上級を詠唱なしで発動させるなど自殺行為に等しいということは、魔法が苦手な俺でも理解できる。

「勝機はあるんだな」

「私が使える中での最大魔法です」

逆にこれが通用しなければ、俺たちは終わりということを言いたいんだろうな。

「頼んだぞ！」

「任せてください！」

その掛け合いを皮切りに、俺は目前まで迫っている大猪に突撃した。それと同時に背後のニナが詠唱を開始する。

「我、炎の化身《けしん》として命ずる――」

俺は手にしていた護身用の剣の刀身で大猪の体当たりを受け止める。

ブモオオオオ！

受け止め、きれないっ！　俺の両腕の骨という骨が軋《きし》みを上げ、護身用の剣はあっさりと二つに折れる。

「地の底に眠りし、業火《ごうか》の魂よ――」

もろに大猪の体当たりを喰らって、天高く俺は弾き飛ばされた。体中が痛みに襲われる。さっきの大猪もこんな気分だったのかもしれないな。

「灼熱《しやくねつ》の衣《ころも》、灼風《しやくふう》の翼――」

眼下では大猪が次の標的をニナに決めたのか、そちらへ向け突進を開始する。そんなこと、させるかよっ！

「『アースバインド』」

俺は空中で魔法を発動させ、大猪の後ろ足にツタを絡ませる。大猪は先ほどの奴と同様に、勢いのまま鼻から地面に突っ込んだ。見たか、下級魔法くらいなら俺でも使えるんだ。

「灼火《しやっか》の拳、灼光《しやっこう》の剣――」

だが、大猪はいともたやすくツタを引きちぎると、再びニナに突進を開始した。まだかっ！

まだ、詠唱は終わらないのかっ！

「『アースバインド』」

俺は再び大猪の足をからめとろうとするが、同じ手は二度通用しないらしい。大猪は器用にアースバインドのツタを避けていく。ちっ、これだからヘタに頭のいいモンスターは。

「灼陽《しやくよう》の体軀を顕現《けんげん》させよ、その名は――」

大猪は既にニナの眼前に迫っている。俺はアイテムボックスからスペアの剣を取り出し、その剣先を大猪に向け、落下のスピードを利用して背中へと突き刺した。

ブモオオオオオ！

大きな咆哮とともに、大猪の足が止まる。

「ロクスっ！　避けてください！」

見ると、ニナの手は大きな魔力の塊《かたまり》に包まれている。詠唱完了のサインだ。俺は最後の力を振り絞り、大猪の背中を蹴って離脱した。ニナはそれを確認すると、魔力の塊を大猪へ向ける。

「スキル発動、『マジックブースト』」

彼女がその言を発した瞬間、魔力の塊が爆発的に膨《ふく》れ上がっていく。『マジックブースト』

……だと？

「『ヴォルカニック・インフェルノ』」

利那、魔力の塊が大猪の下の地面に吸収されていく。そして、その箇所が隆起《りゅうき》し、割れ、中からマグマが噴き出し、火柱となって立ち昇った。炎系上級魔法、ヴォルカニック・インフェルノ。噂には聞いていたが、ここまでの威力だなんて。いや、恐らくこれは『マジックブースト』による増幅効果の影響もあるだろうな。

「ロクス……」

ニナはそれだけを告げ、地面に倒れ込んだ。全魔力をこれに注ぎ込んで魔力切れを起こしたのだろう。無茶しやがって。俺は、痛……みが消えた体を起こし、ニナに駆け寄る。大丈夫、気を失っているだけで命に別状はなさそうだ。火柱は夜空を明るく照らし続けていたが、ニナが気を失うと同時に、急速に勢いを収束させていった。そして、その後に残ったものを見て、俺は再び乾いた笑いを漏《も》らす。

「ハハ、ハ。冗談だろ。これがCランク相当なのかよ……」

そこには、所々を黒く焦《こ》げさせ、香ばしい匂《にお》いを漂わせながらも、目に光を宿したままの大猪が悠然《ゆうぜん》とした姿で立っていた。

ブモッ、ブモオオォッ。

目の光は消えていないが、大猪も受けたダメージが大きかったらしくすぐには動けないようだ。奴を仕留めるなら今がチャンスだが、なにぶん俺では決定打がない。

****

ラグナス・ツヴァイト

Lv：89

筋力：DD

体力：D

知力：DDD

魔力：DDD

速力：EEEE+

運勢：EEEE+

SP：100

スキル：【レベルリセット】【天下無双】

****

ステータスを確認してみる。レベルは上がっているものの、1上がった程度でどうにかなる相手ではない。せめてもの救いはSPが100に達したことか。一か八かこれに懸《か》けてみるしかない。

「アールヴ。借りるぜ」

俺はニナの首から下げられているスキルクリスタルへ手を伸ばし、念じた。すっと体から何かが抜けるような感覚に陥《おちい》る。そして、スキルクリスタルはまばゆく光り輝き始めた。それは、金色の光。必ずしも虹色が出るわけではないのか。なんにせよ金色でも凄《すご》いスキルに違いない。光が俺の中に吸い込まれたのを見届けると、ステータスをもう一度確認してみる。

＊＊＊＊＊＊＊＊＊＊＊＊＊＊＊＊＊＊＊＊＊＊＊＊＊＊

ラグナス・ツヴァイト
Lv：89
筋力：DD
体力：D
知力：DDD
魔力：DDD
速力：EEEE＋
運勢：EEEE＋
SP：0

スキル：【レベルリセット】【天下無双】【マジックブースト】

＊＊＊＊＊＊＊＊＊＊＊＊＊＊＊＊＊＊＊＊＊＊＊＊＊

これ、マジか。よりによってマジックブーストかよ。俺の中にとんでもない嫌悪感が湧き上がってくる。しかし今は俺の私情よりもこの場をどう切り抜けるかだ。幸いにもこのスキルはかの大賢帝が所持していたともされるほどのレアスキルだ。

＝＝＝＝＝＝＝＝＝＝＝＝＝＝＝＝＝＝＝＝＝＝＝＝＝

マジックブースト

魔法使用時に使用する魔力量を増やすことで威力を増加させる。

＝＝＝＝＝＝＝＝＝＝＝＝＝＝＝＝＝＝＝＝＝＝＝＝＝

魔法とは、知力によってその威力が、魔力によってその使用できる回数が決まるとされている。当然ながら上級魔法であったとしても、知力が低ければ威力は低下するし、下級魔法でも魔力がなければ不発に終わる。そして魔法を使用した際は必ず一定量の魔力が減っていく。その消費する魔力量を増やし、その分使用回数は減るが、威力を底上げするというのがこのマジックブーストというスキルだ。俺の魔力はＤＤＤ。上級魔法を使えるぐらいの魔力はある。

俺は再び大猪を見やる。四肢《しし》は震えているが、何とか立ち上がろうとしていた。あまり奴に時間を与えるのはマズイと判断した俺は、両手を大猪へ向けた。魔法は詠唱さえ知っていれば、あとは知力と魔力量の問題だ。この二つの値が低かったから魔法に苦手意識を持っていた俺にとって、上級魔法など知る機会がなかったけれど、たった今見せてもらったからな。使わせてもらうぜ、アールヴ！

「我、炎の化身として命ずる――」

それを聞いた途端、大猪が慌てた表情を見せた。

「地の底に眠りし、業火の魂よ、灼熱の衣、灼風の翼、灼火の拳、灼光の剣、灼陽の体軀を顕現させよ――」

大猪は火事場の馬鹿力で立ち上がり、俺に突進してくる。が、遅いっ！

「その名は『ヴォルカニック・インフェルノ』」

瞬時、俺もマジックブーストを発動させる。イメージは、全魔力をこの一撃にだ！　俺の両手の魔力の塊は膨れ上がり、大猪の下の地面に吸収され、轟音とともに再び火柱が地面を割って出現した。

ブモオオオオオオッ！

耳を劈《つんざ》くような咆哮が周囲に響き渡る。赤々とした炎に飲まれながら、大猪は四肢をバタつかせて逃れようとするが、思うようにならない。やがて、炎は地面に収束していき、辺りは静

寂に包まれた。

「やった……、か？」

正直威力としてはニナのものの方が上に感じた。とはいえ、上級魔法、更に言えばマジックブーストのおまけつきを二発も喰らったんだ。さすがにもう立ち上がっては……。

ブモッ、ブモッ。

「何だよ、こいつ……」

奴は生きていた。俺は戦慄する。何で倒れないんだと。だが、俺も引けない。後ろにいるニナを抱えてこの場を脱することはできるかもしれないが、その後、村がどうなるかは火を見るよりも明らかだ。そんなことになれば、後でニナになんて言われるか分からない。たとえ魔力がなくても、必ず止めてみせる。と意気込んだ時に気付いた。魔力がなくなってないことに。

俺は自分の拳を開いたり閉じたりしてみる。何ともないのか？　全魔力を込めたから、普通ならニナ同様に魔力切れで気絶しそうなものだが、どちらかというと先ほどよりも力が溢れてくる感じだ。何なら天下無双を使う前よりも体は軽く感じる。疲労感はまったくない。

「まだ、終わってないってことか」

俺は再度詠唱を開始する。大猪は尚《なお》も俺に突進しようとゆっくり歩を進める。ただ俺に恨めしそうな眼差《まなざ》しを向けたまま。

「我、炎の化身として命ずる、地の底に眠りし、業火の魂よ、灼熱の衣、灼風の翼、灼火の拳、灼光の剣、灼陽の体軀を顕現させよ、その名は『ヴォルカニック・インフェルノ』」

マジックブーストも同時に発動。凄《すさ》まじい火柱は先ほどよりも威力を増して大猪を貫《つらぬ》く。それでもニナのものより威力は低いが、死にかけの大猪を屠《ほふ》るには十分だった。三度の火柱の直撃を受けた大猪はその大きな体軀をドシンと地面に落とし、絶命する。黒く焼け焦げた大地が、その魔法がいかに凄絶《せいぜつ》なものだったのかを物語る。それを二度も耐えきった大猪に対して、俺は畏敬《いけい》の念さえ抱いた。

「終わった」

相変わらず魔力全込めで発動したのにもかかわらず、一切の疲労感がない体を不思議に思いながら、精神的な疲労で俺はゆっくりと地面に膝《ひざ》をついた。

どのくらい時間が経《た》っただろうか。俺が二回目の解体を終え、容量が大きくなったアイテムボックスに収納したところで、不意に近くから鳴き声が聞こえた。

ピギー！

何だ、と思いながらそちらを見ると、小さな猪が俺の方へ走ってきていた。そいつはそのまま勢いを止めずに俺に体当たりをかましてくる。正直まったく痛くない。俺はバンと右手でそいつを払う。しかし、そいつはまた立ち上がり俺に体当たりを続ける。何度払っても、そいつは立ち上がり俺に向かってきた。

「そうか、お前は……」

そこで俺は気付く。こいつは、俺が殺した大猪たちの子供なのだと。

ピギッ、ピギッ！

こいつはこいつなりに親の仇《かたき》を取ろうとしているのかもしれない。俺は、すっと片手を猪の方へ向ける。この程度なら、下級魔法で十分だ。

「孤独な世界で、復讐に生きるのは辛《つら》いだろ」

俺が手のひらに火球を作り、大猪に向けて放とうとした時だった。何者かがガシッと、俺の足を摑んだ。何者かなんて、この場には一人しかいないんだけど。

「どういうつもりだ、アールヴ」

俺はそちらを見ず、少し尖《とが》らせた言葉を投げた。

「それはこちらのセリフです。何をしているのですか」

その言葉で俺は振り返り、彼女を見る。意識は戻っているものの、ニナはまだ体を完全には起こせないのか、体を横たえたまま俺を睨んでいた。這って俺のところまで来たのか。凄い根性だな。

「見て分からないか？」

「ええ、分かりません。私の目には、無用に命を刈り取ろうとする悪魔の所業にしか見えませんから」

はぁ、と俺はため息をついた。

「いいか。こいつはな、放っておけばあの大猪のように成長していずれ俺たちの敵となる。こいつの目を見ろ、俺たちが憎々しくてしょうがないらしいぜ」

　俺が指さす猪は、興奮し、鼻息荒く俺たちを睨みつけている。

「復讐の芽は今絶つ。それが最善手だ」

　俺がニナの手を振りほどき、魔法を放とうとすると、今度は微量の電気が俺の体を駆け巡った。

「俺の話聞いてたか?」

「ニナ・ユーレシュの名のもとに、無用な殺生は許しません」

　主人の権限で無理矢理にでも俺を止めようとするニナに俺は頭を抱えた。この頑固王女、どう説明したら理解できるのだろうか。

「じゃあ、どうするっていうんだよ」

　少しイラつきながら俺はニナに聞くと、ニナは俺の目を真っすぐ見てこう答えた。

「私が、ご両親に代わってこの子を育てます」

「はぁ!?」

　何を言いだすかと思えば、モンスターの子供を育てるだと!?

「お前、何言ってるか分かってるのか?」

「分かっていますよ。放っておけばあの子が敵になるというのであれば、今から仲間にしてしまえばいいのです」

いやいや、簡単に言うけど。モンスターが人に懐《なつ》くなんて聞いたことがないぞ。

「無理だ、やめとけ」

「やってみないと分かりません。心で接すれば気持ちは伝わるはずです」

断固として引かない。やれやれだな。

「はいはい、もう好きにしてくれ」

どうせ、ここで俺が何を言おうとテコでも動かないのなら、好きなようにさせて諦《あきら》めてもらうのが一番だろう。別に小さい猪に何度体当たりされたところで死ぬことはないし。それを聞いたニナは納得した表情で、猪の方を見た。

「おいで」

彼女がそう告げると、興奮したそいつはアールヴの顔面へ向けて体当たりをかます。

「あだっ！」

「ほらな」

言わんこっちゃない。しかしニナはめげずに笑顔を猪へ向ける。猪は俺にそうしたように、何度も何度もニナへ体当たりを続ける。ニナもニナで何度体当たりをされても、決して反撃しようとせず、ずっと猪を受け入れ続ける。そうこうするうちに、猪の体力が尽きたのか、ニナの顔にペタンと軽い体当たりをしたところで、止まった。その機を逃さず、ニナは猪をゆっくりと抱きしめる。

「私は敵ではありません。だから落ち着いて聞いてください」

猪はニナの腕の中で暴れるが、抱擁《ほうよう》から逃れられるほどの体力は残っていないみたいで、やがておとなしくなった。それを確認すると、ニナはゆっくりとした口調で語りかける。

「許してほしいとは言いません。でもこれだけは言わせてください」

そして、手の中の猪の目を見つめ、彼女は消え入りそうな声で呟いた。

「ごめんなさい」

ポロポロと、大粒の涙が彼女の頬を伝う。

「辛いですよね、寂《さび》しいですよね。お父さんとお母さんを亡くすというのは」

すると、今までの憎いものを見るような目をしてた猪が、少し戸惑《とまど》った表情に変わった。

ピギィ。

そして猪は一鳴きすると、ペロリと彼女の涙を舐《な》めとった。

「優しいのですね。泣きたいのはあなたのほうなのに」

そしてアールヴはギュっと猪を抱きしめる。すると、今まで暴れるだけだった猪がアールヴの腕の中で大きく鳴き声を上げ始めた。

プギー！　ピギー！

モンスターが……、泣いているのか？　初めて見る光景に俺自身が動揺を隠せなかった。

「それで気が済むのなら私が全て受け止めますから」

ニナが猪にその言葉をかけた瞬間、猪の体が発光を始める。

「なんだこれは？」

ニナの腕の中でまばゆい光に包まれた猪は、やがてその光を自身に取り込んでいった。

ピギィッ！

そして再度一鳴きするとピョンとニナの腕の中から飛び出し、彼女の頭の上にポスンと乗った。だからこそはっきりと分かったが、見た目こそ今までの猪とは変わらないものの、額《ひたい》の真ん中に、剣のような痣《あざ》がくっきりと浮き出ていた。あんなの、さっきまではなかったはずだけど。猪はピギィ、ピギィと楽しそうに鳴きながらニナの頬へ擦《す》り寄ったり、ピョンピョン飛び跳ねたりしている。まさかこれって……。

「言ったでしょう。心で接すれば気持ちは伝わるものなんですよ、ロクス」

十七年間生きてきてモンスターを手懐ける人間を初めて見た。というか、これって前代未聞《みもん》だと思うのは俺だけなのか？

「名前はどうしましょうかねー」

魔力が少し戻り、歩けるようになったニナは、鼻歌まじりで村への道を歩く。その頭の上には、同じく楽しそうにピギッピギッと鼻歌に合わせている猪。

「そうだ、ウリンなんてどうでしょう。ね、ロクス」

ウリ坊だからウリンだろうか。

「いいんじゃないか」

安直で。

「ですよねー。今日からあなたはウリンですよ」

ウリンとやらはピギッピギッと楽しそうに鳴き声で返す。

「ウリンも気に入ってくれたみたいです。ね、ロクス」

「そうだな」

可愛いペットができて機嫌がいいのは分かるけど、いちいち俺に振らないでほしい。そう思う心のうちがニナに伝わったのか、少しずつ面白くなさそうな表情に変わっていく。

「ロクス、ウリンに妬《や》いてるんですか？」

「何でそうなるんだよ」

思わず突っ込んでしまった。どこをどう考えたらそういう答えに行き着くのだろうか。

「だって、さっきからつまらなさそうな顔してます」

それはあなたのテンションが面倒くさいだけです、と言おうものなら機嫌が急降下するのは目に見えている。

「悪い悪い。ちょっと考えごとしてたから」

だから笑顔でそう返しておく。嘘はついていない。どうしてモンスターが懐いたんだとかいろいろ考えてたからな。決して面倒くさいから適当に返したわけじゃないぞ。

「ロクスが笑顔なんて怪《あや》しいです」

あー、もう、面倒くせーな。

「そうだ。ロクスもウリンと仲良くなりましょう。そうすればきっと楽しいパーティーになりますよ」

「は？　なんで、俺がモンスターなんかと……」

瞬間、ビリリと微弱な電気が体を流れた。ジト目でニナを見るけれど、ニコニコと笑顔のまま何も言わない。ホントこいつい性格してる。

「はいはい。分かったよ」

埒《らち》が明かないので渋々折れることにして、「はい」とニナが両手に乗せて差し出した猪に握手する感覚で手を伸ばした。

「よろしく頼むな、ウリ……」

ピギャッ！

「いでっ！」

ウリンは俺の手が触れるか触れないかぐらいで、彼女の手から飛び上がり、思い切り俺の顔面に体当たりをしてきた。

「何、しやがるクソ猪」

俺が顔を押さえながら地面に降り立ったそいつに抗議をすると、そいつもそいつでピギーピギーと何か文句を俺に言っている。上等だ、かかってこいやオラ。

「ダメですよ、ウリン」

するとニナは、興奮するクソ猪を両手で抱えてよしよしと撫でる。

「ロクスも、本心からウリンと仲良くなりたいと思ってないので嫌われちゃうんですよ」

「今のでもっとそういう気持ちは失せたけどな」

キッ、と俺はクソ猪を睨む。そいつはニナの腕の中でピギッと一声鳴くとプイッとそっぽを向いた。おう、いつかお前チャーシューにして食ってやるからな。そんなやり取りをしているうち、俺たちは村へと到着した。

「まことにありがとうございました！」

村に帰った俺たちは、村長に出迎えられ、そのまま宴会へと突入した。日付が変わると俺のアイテムボックスの容量が減ってしまうので、後に倒した雌の大猪は餞別《せんべつ》として村人たちへ渡し、その一部が宴会で振る舞われた。ちなみにクソ猪は一緒にいると村人たちが怖がるかもしれないということで、レベルアップして容量が増えたニナのアイテムボックス内に入ってもらっている。大猪戦から張りつめていた緊張感が解け、やっと落ち着けると思ったら……。

「それで兄ちゃん、あの嬢ちゃんとはどういう関係なんだい！」

「いや、どういうも何も……」

「熱いね、熱いねー」

などと、酔っぱらったおっさんやおばちゃんたちに鬱陶《うっとう》しく絡まれ、仕方なく俺は疲れたから寝ると言い、早々に村長宅へ引き上げた。奴隷紋をただのタトゥーに見えるように首元に施《ほどこ》してくれたニナの気遣いがここで裏目に出てしまったのかもしれない。

村長宅へ帰った俺は、部屋で一人ステータスを確認する。

＊＊＊＊＊＊＊＊＊＊＊＊＊＊＊＊＊＊＊＊＊＊＊

ラグナス・ツヴァイト
Lv：105
筋力：DDDDD＋
体力：DDDDD＋
知力：C＋
魔力：C＋
速力：DD＋
運勢：DDDDD
SP：16
スキル：【レベルリセット】【天下無双】【マジックブースト】

＊＊＊＊＊＊＊＊＊＊＊＊＊＊＊＊＊＊＊＊＊＊＊＊＊

大猪を倒したからまた上がったレベルは置いておいて、やはり目につくのは一つのスキル。

「マジックブーストか」

今はどうしているのか知らないし、知りたくもない昔の知り合いと、今戦いをともにしているパートナーであり主人でもあるニナの二人が共通して持っているレアスキル。これ一つで今までの俺の評価は覆《くつがえ》るぐらいのものを手にしてしまったのだけれど、気持ちとしては複雑だった。確かにこれのお陰で二体目の大猪を倒せたのは事実としても、俺を苦しめたトラウマがそれで消えるわけじゃない。

「はぁ、よりによって何でこのスキルなんだよ」

思わず独り言《ご》ちてしまう。ため息一つ、このスキルとあのクソ猪をどうしようかと考えているところで、ニナが帰ってきた。時計を見るとちょうど日付が変わったぐらいか。

「戻りました。村の方たちはとても嬉しそうでしたね」

ニコニコとニナも嬉しそうに語る。あなたも嬉しそうで何よりです。

「どうしたんです？　何か表情が暗いですけど」

「何でもな……いや、アールヴには話しておくか」

適当に誤魔化そうと思ったけれど、新しく手に入れたスキルについては話しておいたほうがいいかもしれない。俺は彼女が気絶してからのことと、スキルクリスタルを使って新しく入手したスキルがマジックブーストであることを告げた。すると彼女はすかさず俺のステータスを確認する。そして、アハハと笑った。何故笑う？

「ロクス、冗談を言って私を驚かそうとするならもっと上手にするべきですよ。私はロクスのステータスが見れるんですから」

冗談？　何を言ってるんだ？

「いや、俺は別に冗談を言っているつもりなんてないが」

へ？　と、アールヴは俺の言葉に首を傾《かし》げる。

「だって、スキルは前見た時と変わってないですよ」

は？　いや、本当に何を言っているんだこいつは。俺は慌てて自分のステータスを再度確認した。

＊＊＊＊＊＊＊＊＊＊＊＊＊＊＊＊＊＊＊＊＊＊＊

ラグナス・ツヴァイト

Lv：1

筋力：G

体力：G

知力：GG
魔力：G
速力：GG
運勢：GG
SP：17
スキル：【レベルリセット】【天下無双】

＊＊＊＊＊＊＊＊＊＊＊＊＊＊＊＊＊＊＊＊＊＊＊＊＊＊＊＊

もう一度目をこすって確認するけど、確かに俺のスキルは二つしか書かれていなかった。

第4話 ギルドマスター

Level Reset Chapter 4

「これが報酬の十五万エールとなります」

ヨーゲンへと戻ってきた俺たちは、村長から貰《もら》った達成証書と引き換えに、ギルドの受付で報酬を受け取る。ついでに推奨Cランクを達成したということで、二人ともギルドランクを上げてもらうこととなり、プレートを預ける。数分後、俺には青色のプレートが、そしてニナには黄色のプレートが渡された。

「案外と簡単にランクアップできましたね」

初クエスト達成で、とりあえず打ち上げをしようということになり、昼間でも開いている酒場を探している道中でニナが笑顔で俺にそう言う。

「俺はFランクになるまで五年もかかったのにな。スキル一つでこうも違うとは」

俺も自分の青色のプレートをまじまじと見ながらそう言った。天下無双とレベルリセットがあれば、Cランク、果てはAランクも夢じゃないかもしれない。俺たちは手ごろな酒場を見つけ、中に入ると、その辺の二人席に座って適当に注文をする。

「んじゃ、乾杯で」

「かんぱい？」

ニナは乾杯を知らなかったみたいなので、こうやってジョッキをカチンと鳴らすんだよと教えてやった。

「分かりました。では、乾杯です」

「おう」

再び俺たちはジョッキをお互いに打ち付け合った。

「それで、結論は出たんです？」

ある程度食べ物も揃《そろ》ったところで、ニナがそう切り出す。アルニ村でスキルが消えてしまった一件。俺はマジックブーストの効果を事細かにニナへ説明することで、本当に修得していたことを信じてもらえた。それからヨーゲンへ帰ってくる間、何故《なぜ》消えてしまったのかを必死に考えていたが、やはり原因は一つしかなかった。

「レベルリセットだろうな」

レベルリセットの効果によるもの、これが俺の最終結論だ。

「やっぱり、そうですよね」

ニナも同じ考えだったみたいで、ジョッキのジュースに口をつけながら少し気落ちした表情で俯《うつむ》いた。ちなみに彼女はお酒が飲めないみたいで、ジュースで俺に付き合ってもらっている。

「天下無双についてはどう考えます？」

　顔を上げながら納得いかない点について俺に尋《たず》ねる。そう、レベルリセットが原因と考えるのならば、次はそこの矛盾点《むじゅんてん》に行きつくんだよな。マジックブーストは消えたけれど、天下無双は消えていないのだから。

「それについても、一つの推論は立ててる。こじつけかもしれないけれど」

　俺がそう言うと、聞かせてくださいと言わんばかりの眼差《まなざ》しで、ニナは何も言わずに俺を促《うなが》した。

「虹色のスキルはリセットされない」

　違いはもはやそこしかなかった。誰も見たことのない虹色の光を放ちながら発現したスキル。これだけがリセットされないとするのならば、全ての辻褄《つじつま》が合う。

「確かにこじつけといった感は否《いな》めないですね」

　ニナは半分納得、半分疑問といった複雑な表情でうーんと唸《うな》った。

「一応俺なりに裏付けもあるんだ」

「何ですか？」

「仮にだぞ。仮に虹色のスキルもリセット効果で消えるのであれば、レベルリセット自体もスキル欄から消えてないとおかしいと思わないか？」

「っ！」

ニナは、「はっ」としてうんうんと頷《うなず》く。

「つまり消えてないのは天下無双だけじゃなくて、レベルリセット自体もそうなんだよ。そこから導き出される答えが」

「虹色のスキルは消えない――ですか。なるほど」

納得ですと、ニナは頷いた。

「となってくると、あとは虹色のスキルの発現条件。ここを突き詰めるのが次の課題だな」

「そうですね。例えば次に虹色のスキルを手に入れ、それが消えないのであればロクスの説が正しかったとほぼ証明されたも同然です」

ぐっ、と握りこぶしを作り、鼻息を荒くする彼女を見ながら、俺はポリポリと頭を搔いた。

「同時に、虹色のスキルを手に入れなければこれ以上俺は強くなれない。ということも証明されるがな」

そして、はぁ、と俺はため息をつく。ニナは「あっ」と短く声を上げた後、「ごめんなさい」と謝ってきた。別にニナが悪いわけじゃないからいいんだけど、問題がそこにあることに変わりはない。スキルだけはリセットされないと思っていたから、無尽蔵《むじんぞう》の強さを手に入れられるという勘違いに繫《つな》がってしまった。実際そうじゃなかったという事実が分かった今、俺を見限った奴らへの復讐が一歩遠のいてしまったようで、正直残念でしょうがない。反面、マジックブーストというトラウマスキルが消えてくれたことに関しては嬉しい気持ちしかない。

「ったく。どっちの方が良かったんだか」

　俺はそんなジレンマにモヤモヤしながら、ぐいっとジョッキの酒を飲み干した。

　打ち上げを終えた俺たちは、とりあえず次のクエスト探しのためギルドへ戻った。しかし、掲示板の前に向かおうとしたところで受付のお姉さんに呼び止められる。何事やらと彼女の方へ向かうと、お姉さんは安心した様子で俺たちに笑いかけた。

「良かった戻ってきてくれて。私がギルドマスターから怒られるところでした」

「何かあったんです？」

　ニナが首を傾《かし》げならお姉さんに尋《たず》ねる。

「ええ。実はギルドマスターがあなた方に会いたいと言っておりまして。それを伝えるのを失念していたんですよ」

「そんな大事なことを失念するなよ」

「面目ないです」

「ロクス！　そんな言い方はないですよ！」

　俺がお姉さんをシュンとさせてしまったことで、ニナからお叱《しか》りを受けた。別にそこまでキツく言ったわけじゃないのに。理不尽だ。

「はいはい。それで、何でギルマスが俺達なんかに？」

「はい。実は、お二人に受けていただいたクエスト、推奨Cランクだったかと思うんですが」

「おう」

「実は、もとは推奨Aランクだったんですよね」

「は？」

俺が圧を飛ばすと横からニナにグーで殴《なぐ》られた。

「うちのロクスが度々《たびたび》すみません。理由を聞かせていただいても？」

「は、はい」

お姉さんは若干《じゃっかん》俺にビビりながらあのクエストの内幕を語ってくれた。はぁ、と俺はため息をつく。結局語られたのは何ともひどい話だった。

はじめは推奨Aランクで募《つの》っていたが、あまりの報酬の低さに受け手がおらず、やむなくヨーゲンギルドの判断でBランク、そしてCランクへと落としていったらしい。

「それで。死人が出たらどう責任を取るつもりだったんだ？」

「ギルドマスターと同じことを言うんですね。返す言葉もありません」

推奨ランクというのは、自分の力量と比較してクエストを受けるかどうかの指標となるものだ。それを基《もと》にしている俺たちからすれば、その指標が本来より高く設定されているのならまだしも、低く設定されているなんて言語道断だ。俺たちのことを舐《な》めているとしか思えない。

それが分かっているだけに、受付のお姉さんは俺の言葉を聞いてシュンとしてしまう。やばいと思ってニナを見ると、やはり俺のことを凄《すご》い形相《ぎょうそう》で見ていた。うん、面倒くさいからとりあえず今は無視しよう。多少身体は痺《しび》れているけれど我慢できるから。

「んで、それとギルマスに何の関係が？」

「はい。今回の判断はヨーゲンギルドが独自に判断したものですので、アスアレフの全ギルドを統括《とうかつ》するギルドマスターには話を通してなかったんです。ただ、あなた方の報告と視察のタイミングがちょうど重なってしまいまして……、全員大目玉でした」

「大目玉で済んだだけマシだと思うけどな」

「ですね」

うん、ビリビリが強くなってる気がするけど、まだ耐えるぞ俺は。

「それでギルドマスターがあなた方に是非お会いしてお礼が言いたいと申しておりまして」

「断っておいてくれ」

俺はそう言いながら踵《きびす》を返す。わざわざ得体《えたい》の知れない奴に会う必要もないだろう。

「待ってください。絶対お引き止めしろと言われてまして。私が怒られてしまうんです！」

「行くぞアーばばばばばばばばばば」

お姉さんを無視してギルドを出ようとしたところで、体中に凄《すさ》まじい電撃が流れた。意識は失わなかったものの、こいつ、ほとんど最高出力でやりやがったな。キッとニナを睨《にら》むと、彼女はこちらなど目もくれず、受付のお姉さんの手を取っていた。

「あなたがこれ以上怒られるのは不憫《ふびん》です。私たちでよろしければお力になりますよ」

ホントこいつ追われてる身なのを分かってるのか？　もう、私たちじゃなくて私だけで行ってこいよ。

「助かります。では、応接室にご案内しますね」

受付のお姉さんは、カウンターからこちらへ出てくると、ニナを案内し始めた。それを黙って見送っていると、それに気付いたニナがつかつかと戻ってくる。

「何してるんです？　行きますよ、ロクス」

「へいへい」

しれっとドロンしようかと思ったのに、そうはいかないみたいだ。応接室に通された俺たちは、ソファに座って待つよう言われた。数分後、ドアがギイと開き、誰かが入室してくる。

「お待たせ〜」

部屋に野太い声が響いたかと思うと、現れたのは筋骨隆々《きんこつりゅうりゅう》のスキンヘッド。顔はこれでもかと厚化粧がされており、何故《なぜ》か俺に向かって投げキッスをしてくる。新種のモンスターか？

「アールヴ、構えろ」

「待ってください。ギリギリ人間です」

「んまっ。二人して失礼しちゃうわね」

そいつはクネクネとした動きで俺たちの前に座る。控え目に言っても気持ち悪い。そして帰りたい。

「私はアスアレフの全ギルドを統括するギルドマスター、カマール・チュチュレートよ。ギルドの皆からは『カマさん』や『チュチュちゃん』と呼ばれているわ。あなたたちもそう呼んでくれると嬉しいわね」

「分かりました。ではチュチュちゃんと呼ばせていただきます」

え、そっち？

「ありがとう。えっとアールヴちゃんだっけ。それからあなたがロクス君ね」

何故か俺の方を見る時だけ視線が熱い気がするんだが気のせいだと思いたい。いや、気のせいであってほしい。頼むから。

「今回はありがとう。うちの子たちの尻ぬぐいをさせたみたいになっちゃって」

そう言ってギルドマスターは俺たちに深々と頭を下げた。

「本当にありがとう」

その熱のこもった謝辞に思わず面喰らってしまう。どうやらそれはニナも同じようで、どう言葉を返していいのか分からないといった表情を浮かべている。俺たちが黙っていると、ギルドマスターは顔を上げ、ニカッと笑った。

「それにしても凄いわね。FランクとGランクで推奨Aランクのモンスターを討伐《とうばつ》するなんて。あなたたち一体何者なの？」

最後の一言、そこだけ言葉に乗せられた力が違うように感じた。お前たちはどこの誰だ？

敵か？　味方か？　顔は笑っているが、声の圧から察するにそう言っているように聞こえた。

案の定《じょう》、ニナはどうしようといった顔で俺の方を見ている。ほら、言わんこっちゃないだろうが。

「それを聞いてどうするんだ？」

「恩人にこんなことを言うのは失礼だと思うんだけれど、あなたたちの存在を不気味に感じてしまうのよ。特にあなた」

そう言いながら、ギルドマスターは俺の方を指差す。

「根拠を聞いても？」

「女の直感ね」

「冗談は顔だけにしてくれ」

「あらやだ、直感って大事よ。それとロクス君。女性の顔をけなすのはデリカシーに欠けるわよ」

「冗談は顔だけにしてくれ」

「さすがの私も二回言われると少しへこむわ」

ギルドマスターがシュンと落ち込んでしまう。

「ロクス。チュチュちゃんがちょっとかわいそうです」

するとこそっとニナが耳打ちしてくる。かわいそうなのはちょっとだけなんだな。あと、俺の耳元でチュチュちゃん言うな。耳が腐る。

「それで、まだ質問の答えを聞いてないんだけど」

やっぱり誤魔化せないよな。しょうがない。

「こいつ、ユーレシュの王女様。俺、こいつの奴隷。以上」

俺はニナの首根っこを掴んでギルドマスターへ突きつけてやった。もういろいろ考えるの怠《だる》い。いい機会だから、身から出た錆《さび》って言葉をこいつに解らせてやろう。

「え、えええええええ！」

ニナが俺に大声を上げながら俺に非難の目を向ける。

「ひ、ひどいじゃないですかラグナス！」

「知らん。お前が蒔《ま》いた種だろう」

涙目でブーブー文句を言うが、もう面倒見きれん。当然このギルドマスターが襲い掛かってくるとかになったら話は別だけれど、それまでは自分で頑張ってくれ。ギルドマスターはというと、俺の言葉を聞いてジーっとニナの顔を見ている。見られているニナはダラダラと汗を流しながら目を逸《そ》らしていた。

「あ、やっぱり？　薄々そうなんじゃないかなと思ってたのよね」

「え？」

俺は目を点にしながらギルドマスターを見る。気付いてたのか？

「あなた、ニナちゃんでしょう。大きくなったわね。昔のオリヴィアそっくりよ」

「おか……、母をご存じなんですか!?」

ニナは応接机に手をつき、身を乗り出してギルドマスターにせまった。

「ええ。あなたのお母さん、オリヴィアとは古い付き合いなの。まだ小さい頃だけど、あなたにも会ったことあるのよ。覚えてない？」

「すみません」

「そう、残念。でもそう言うってことは、あなたニナちゃんで間違いないのね」

「はい」

ニナがそう答えると、ギルドマスターは少し目を潤《うる》ませながら彼女を抱きしめた。

「良かった。王都が陥落したと聞いたときは心配したのよ。それで、オリヴィアは？」

「……」

ニナは何も答えず、唇を噛んだまま下を向いた。それで全てを察したかのように、ギルドマスターは彼女を再び抱き寄せる。

「そう、分かったわ。もう何も言わなくて十分よ」

そう言って、ニナの頭をポンポンと撫でた。しばらくして、抱擁《ほうよう》をやめたギルドマスターは俺に目線を移す。

「あなたのことも聞かせてもらって構わないかしら」

「断る」

俺は短くそう答えた。他人に自分の過去をべらべらと喋《しゃべ》る趣味はない。

「そういえば私もロクス——ラグナスの詳しい事情を聞いたことなかったです」

「聞かれてないからな」

「じゃあ、聞いたら教えてくれるんですか？」

「いいえ」

「私、ラグナスのそういうところ好きじゃありません」

「俺はお前の無鉄砲な正義感が好きじゃないけどな」

「お二人さん。イチャつくのは結構だけれど、私のこと忘れてなーい？」

言葉の応酬をしていると、ギルドマスターが困った顔で割り込んできた。

「イ、イチャつくとかそんなんじゃありません！」

ニナが顔を赤くして抗議するのをはいはいとギルドマスターが宥《なだ》め、再度俺に目を向けた。

「別に語りたくないなら無理には聞かないわ」

「そうしてもらえると助かる」

「むー」

ニナは納得いってないように頬を膨《ふく》らませる。不本意だが長い付き合いになりそうだし、こいつにはどこかで話しておいてもいいのかもしれない。

「じゃあ次のお話に移るわね」

「まだあるのか？」

「ええ。これ、アルニ村の村長からのお手紙よ」

そう言って、ギルドマスターはポケットから一通の封筒を差し出す。俺はそれを受け取り、中の手紙を取り出した。読もうとしたところで、ニナがぐいと身をこちらに寄せてくる。

「近いんだけど」

「こうしないと見えませんから」

まぁ、それもそうかと思ってとりあえず手紙に目を落とす。内容としてはいたって普通で、村を救ってくれてありがとう的な内容だった。

「んで、これがどうしたっていうんだ？」

全てに目を通した俺は、ギルドマスターに尋ねる。

「そこに書かれてる大猪の名前、聞いたことない？」

そう言われて、もう一度手紙に目を落とした。大猪の名前、大猪の名前……。

「あった。なになに……」

この度《たび》は大猪を倒していただきありがとうございます。この猪は昔から『エリュマント』と呼ばれ恐れられており――。俺がそう読み上げた時、ニナの顔色がどんどん青白くなっていった。

「まさか、聖獣エリュマンティアボアのことですか……」

「ご名答よ」

はぁ、とギルドマスターはため息をついた。何だよ、聖獣って。

「ロクス――じゃなくて、ラグナス君だっけ？　あなたは知らないって顔してるわね。聖獣っていうのは、その地を守る土地神のようなものなの。この聖獣がいなくなった土地は枯れ、衰退へ向かっていくとされているわ」

あの大猪、そんな大層な生き物だったのか。どうりで無茶苦茶強いはずだ。

「だから聖獣には手を出してはいけないってか。まぁ理屈は分かったが、今回は仕方がないだろう。向こうが人を襲うようになったんだから」

しかし、俺の言葉を受けたニナは首を横に振る。

「聖獣は本来人里離れたところに隠れ住んでいて、滅多《めった》なことでは人を襲わないとされてます」

「滅多なこと……か」

村人に手を出されたことだろう。

「その事実を確認もせずに、おいそれとクエストとして受けてしまったうちの責任よ。だけど一応当事者のあなたたちにも説明だけはしておこうと思ってね」

ギルドマスターは頭を抱《かか》えた。

「この手紙を読む限り、アルニ村の人たちは大猪の正体を知らなかったみたいです」

「だからアルニ村の側を責めるわけにもいかない。当然ながら知らなかったあなたたちも含めてね。せめて、倒したのが一体だけだったらまだ良かったのだけれど。二体とも倒してしまった以上、もうこの世にはあの地を守ってくれる聖獣はいない」

ん？　いない？

「私、なんということをしてしまったのでしょうか……」

ギルドマスターと一緒になって頭を抱えるニナ。いやいや、待て待て。

「いるだろ」

「「え？」」

ニナとギルドマスターが声を揃えてこっちを見る。何言ってんだこいつはって顔で。オッサンは分かるけれど、ニナが忘れてるのはおかしいだろうよ。

「お前のアイテムボックスの中にいるんじゃないのか。その聖獣様とやら」

俺がそう言うと、「あっ」とニナは短く声を上げてアイテムボックスを漁《あさ》り始めた。そして、一匹のクソ猪を取り出す。そいつは、呑気《のんき》に洟提灯《はなぢょうちん》を膨らませてグースカ寝ていた。やがて、パチンと鼻先の提灯が弾《はじ》け、眠たそうに目をゆっくりと開く。自分を覗き込む三人に、そいつは、何事かと目をしばしばと瞬《まばた》かせて鳴いた。

ピギッ？

「この子は聖獣の子供？」

「ウリンちゃんと言います」

　ピギッ！

「あらやだ、可愛い」

　ギルドマスターは頬に手をあてがい、うっとりとクソ猪を眺める。ニナはそんなギルドマスターにクソ猪を保護した時のことを説明した。

「正直な感想としては信じられないの一言だけど、こんなに懐《なつ》いている姿を見せられてはね……」

　ニナの膝《ひざ》の上で気持ちよさそうにプギープギーと鳴いているそいつを見て、ギルドマスターは考え込んでしまった。

「何にせよこれで聖獣問題は解決だろ」

　早く終わらせたかった俺は、そこで話を打ち切りにかかる。ギルドマスターも「そうね」と納得してくれた。さてさて、やっと終わったな。俺はうーんと背伸びをする。ニナが勝手に話を進めたせいでどうなることかとは思ったけれど、結果としてこのギルドマスターがいい奴そうで良かった。信頼できるかどうかは分からないが、今のところは俺たちに敵意がないと判断しても大丈夫だろう。ニナのお母さんの知り合いらしいし。

「これ以上何もないならそろそろ失礼するぞ。調べないといけないこともあるしな」

「調べないといけないこと？」

考え込んでいたギルドマスターは俺の言葉を聞いて「？」マークを頭に浮かべる。しまった、気が抜けてつい口が滑った。適当に誤魔化したいところではあるけど、この人に嘘が通じるのだろうか。

「虹色のスキルのこと、話しても大丈夫なんです？」

ニナが少し不安そうな顔で俺に耳打ちする。普通に考えるとあまりペラペラと喋らない方がいいに決まってはいるんだが、いかんせんまったくと言っていいほど手がかりがない今、こいつを信頼するのも一つの方法ではある。

「なぁに？　いっぱい迷惑もかけたし、私でできることなら何でも協力するわよ？」

ギルドマスターは俺にニッコリ笑いながら話しかける。

「私は、この人になら話してもいいと思うんです」

なおもこそこそとニナが耳打ちしてくる。

「そう思う理由は？」

俺もニナへ耳打ちで返す。すると、彼女は親指を立てて頷いた。

「女の直感です」

あ、これダメなやつだわ。こいつ特有の考えなしのやつだわ。何げにギルドマスターパクってるし。俺は、やはり適当に誤魔化すべきだという方向性で決断する。しかし、何故か言葉が喉《のど》でつっかえた。頭をよぎったんだ。リーゼベト王国の学者たちが総出で調べても分からなかったことを、俺自身が独力でどこまで解明できるのか。それならばリスクを冒《おか》してでもこいつを頼った方が早く答えに辿《たど》り着くことができるのではないのか……と。癪《しゃく》だが、聖獣の一件では、クソ猪を殺そうとした俺を止めたニナが結果的に正しかった。癪だが。すごく癪だがな。だから、騙《だま》されたと思ってこいつの直感を信じてみることにした。

「一つ聞きたいことがある……」

「なぁに？」

「スキルクリスタルが虹色の光を放ってスキルを授ける、という現象を聞いたことがあるか？」

この言い方なら俺がそれを持っているとは悟られまい。

「虹色の光ねぇ……。そのスキルをあなたが持ってるってこと？」

「っ!?」

喉の奥から変な声が漏れた。あっ、やべえっ。

「あらあら。クールを装《よそお》ってるけど、案外ラグナス君も分かり易《やす》いところがあるのね。でもそういう可愛いところがあっても私はいいと思うわよ」

ウフフとギルドマスターは笑う。何だか負けたような気がして悔しさが込み上げてきた。

「そうね、結論から言うと私は知らないわ。でも、それを知っているかもしれない人なら知っているってところかしら」

「知っているかもしれない人？」

「そう」

　ギルドマスターは俺の問いかけに返答し、スクッと立ち上がったかと思うと、応接室の一角から大きな地図を取り出してきた。それを応接机の上に広げる。

「ここが今いるヨーゲン。そこから王都を越えて、更に東へ行った先に、山々に囲まれた湖があるわ」

　ギルドマスターは俺たちへ語りかけるとともに、指で地図をなぞりだした。それを俺は目で追いかけていく。

「その湖の中央に浮かぶ島に大きな屋敷があって、そこには俗世からの関《かか》わり全てを絶って暮らす一人の女性がいるの」

「その人がもしかしたら知っているかもしれない人なのか？」

「ええ、そうよ。ただ、彼女の素性《すじょう》は一切不明で、分かっているのは彼女の通り名とおおよその年齢だけ」

　そして、ギルドマスターはゴクリと生唾《なまつば》を飲み込んだ。

「『魔眼の吸血鬼』。齢《よわい》四百を数える化け物よ」

「魔眼の吸血鬼……」

「噂では、この世の全てを見通す魔眼の持ち主で、全てを見通せるが故《ゆえ》に知らないことがないと言われているの。だから、この人ならあなたの言う虹色のスキルについても何か知っているかもしれないわ」

なるほど。この世の全てを見通し、全てを知る者か。確かにそれぐらいの奴であればこのスキルが一体何なのかを知っているかもしれない。

「ただ、さっきも言った通り素性が一切不明だから、正直協力を仰げるかどうかは分からないわ」

「殺されるかもしれないということか？」

「最悪は」

応接室が沈黙に包まれる。虹色のスキルの情報を手に入れるのがここまでハイリスクだとはな。

「でも、行かないと前に進めないなら、行くしかないだろ」

そうだ、今はこれしか手がかりがない以上、これにすがる他はないんだ。そうしないと、俺はいつまで経ってもこれ以上強くなることはないんだから。

「ラグナスが行くなら私も行きます」

「いや、俺一人でいいけど」

「えっ!?」

何で？　といった顔でニナが俺を見る。

「いやだって死ぬかもしれないって言われているところだぞ？　お前がわざわざ危険を冒して

付いてくる必要はないんじゃないか？」

「そうかもしれませんが……、私はラグナスと一緒にいたいんです。それとも私は邪魔ですか……？」

ニナが上目遣《うわめづか》いで尋ねてくる。

なまじ顔が整ってる分、その聞き方ははっきり言ってズルい。正直面倒くさいことばっかりするから邪魔だと思ってるけど、うんって言えないだろ。

「好きにしたらいいんじゃないか？」

ぶっきらぼうな物言いだけれど、了承ってことだ。言っとくけど渋々だからな。俺は男に生まれたことを恨むぞ。

「ありがとう、ラグナス。それと、さっき私の身を案じてくれたこと、すごく嬉しかったですよ」

そう言うと、ニナはテヘッと笑った。ええい、うるさいうるさいうるさい。こうして、俺とニナは次の目的地を『魔眼の吸血鬼』が住むとされるアイリス湖へ決めたのだった。

「ねえ、ウリンちゃん。私たち置いてけぼりね」

ピギィ。

第5話 魔眼の吸血鬼

ヨーゲンを発《た》ってから数日。俺たちは王都を過ぎ、東へ東へと歩を進め、やっとのことでアイリス湖へ辿《たど》り着いた。道中、モンスターに襲われたり、モンスターに襲われたり、モンスターに襲われたりしたが、ニナの魔法や天下無双で乗り切り、なんとか無事に到着した。本当、早く通常時でも強くなれるようなスキルが欲しい。おかげさまでレベルも繰り返し上がり、SPも100を超えるほど溜まった。

****

ラグナス・ツヴァイト
Lv：18
筋力：EEEEE
体力：EE＋
知力：E＋

魔力：E＋
速力：EEEE
運勢：FFFFF＋
SP：114
スキル：【レベルリセット】【天下無双】
＊＊＊＊＊＊＊＊＊＊＊＊＊＊＊＊＊＊＊＊＊＊＊＊＊＊＊＊＊＊＊

「どうしましょう。もう一度スキル修得してみますか？」

ニナが自身のスキルクリスタルを差し出しながら言うが、俺はそれを片手で制した。

「やめとく。必ず虹色のスキルが出るとも限らないし」

それに、他のスキルが出ても一日で消えるのなら、今修得する意味はない。虹色のスキルを修得するのに、天下無双が出た時みたく数千ポイント必要なのであれば、倹約しておく必要があるしな。さてさて、それより問題は……。

「この湖、どうやってあの島まで渡るかだよな」

「ですね」

大きなアイリス湖の真ん中にポツンと島があり、大きな屋敷のようなものがあるのは分かる。橋はかかっていないため、そこに行くにはどうしても水の上を渡っていかなくてはならない。

が、今の俺たちに船などない。

「どうしましょう。最悪泳ぐという手がありますけど」

「俺、かなづちなんだよな」

「そうだったんですね。意外です」

ニナには大変申し訳ないけれど、それだけは勘弁願いたい。

「では、天下無双でジャンプするというのは？」

「うーん。できなくはないけれど、得体《えたい》の知れない相手に会うのに天下無双が使えないのは辛《つら》い」

「確かにそうですね」

今の俺には強敵に対抗する手段が天下無双しかないので、それは避けたい。その後も使える手を捻《ひね》り出そうと二人で考えたけれど、結局妙案は思いつかなかった。手詰まりだなと、そう感じ始めた時、遠くの屋敷がキラッと光った。ニナもそれに気づいたようで、こちらを見て「？」マークを浮かべている。すると、ほどなくして屋敷からコウモリが大量に飛んできた。

「気づかれたか？」

俺は新しく調達した剣を構え、ニナも細身の剣を抜く。しかし飛んできたコウモリは俺たちに襲い掛かることはなく、お互いが身を寄せ合い、こちらから島までの橋となった。

「歓迎されているのでしょうか」

「だといいがな」

おびき寄せられた挙句、袋叩きでお陀仏《だぶつ》なんてはめにならないことを祈りたい。俺たちは橋を渡り切ると、大きな屋敷のドアをノックする。すると、ギギギと軋《きし》みを上げてドアが開いた。

しかし、そこには誰もおらず、中がまったく見えない闇が広がっていた。

「ロクス。一ついいですか」

冷や汗を流しながら、ニナが俺に尋《たず》ねる。

「何だ。怖いからやめとこう以外なら聞いてやるぞ」

「……、何でもありません」

「よし、じゃあ行くか」

俺は尻込みするニナの手を取り、無理矢理に引っ張りながら闇の中へ足を踏み出した。そうやって中に入ったのはいいが、辺りが暗すぎて何も見えない。とりあえず何が待つのか分からぬまま真っすぐ真っすぐ進んでいく。

「ロクス、本当にこっちでいいんですか?」

「知らん。俺に聞くな」

俺だって初めて来たんだから分かるわけがないだろうに。困ったら真っすぐ進むしかあるまい。数分歩いた後、遠くに白い光が見えた。どうやらあれがこの闇の出口のようだ。俺たちは足早にそちらへ向けて歩を進め、その光の中へ飛び込む。そして気付けば王城の謁見《えっけん》の間《ま》のようなところに俺たちは立っていた。

「ここは……?」

ニナがキョロキョロと周りを見回す。

「ようこそ、我が屋敷へ。歓迎するぞ」

不意に声がしたかと思うと、どこからか大量のコウモリが現れ、豪奢《ごうしゃ》な椅子に集まり始める。

そしてそれは人の姿を形成し、やがて一人の……幼女となった。

「ククク。この禍々《まがまが》しい姿に声も出んようじゃな。そう儂《わし》の名は……」

「いや、ちょっとタイム」

「なんじゃい! せっかくいいところじゃのに」

こちらに手のひらを差し出し、ポーズを決めたところで俺がストップをかけた。幼女は不満げにプクッと頬を膨《ふく》らませる。

「えっと、間違えました」

俺は再びニナの手を取り、踵《きびす》を返す。ニナはえっ、えっと狼狽《うろた》えているが急な出来事に対応できないだけだろう。後で説明をしよう。

「待て待て! お主《ぬし》ら儂に用があるんじゃなかったのか!?」

後ろで幼女が甲高《かんだか》い声で叫ぶ。仕方がないので、ため息交じりの声で幼女に説明をする。

「あのな。俺たちが用があるのは、齢《よわい》四百を数える婆《ばあ》さんなの。魔眼の吸血鬼っていう化け

物なの。君、五歳くらいだろ？　君と遊んでる暇《ひま》はないの。分かった？」

「ぐぬぬぬぬ……」

俺の言葉を聞いて、幼女は顔を真っ赤にしながら地団駄《じだんだ》を踏んだ。

「人のことを婆さんじゃの化け物じゃの五歳じゃのと失礼な。儂がその魔眼の吸血鬼じゃ！」

はあ？　この幼女が？

「まったく。お主らは虹色のスキルのことを聞きに来たんじゃろ。ラグナス、そしてニナ！」

「何で、俺たちの名前を……？」

「知っておるじゃろう？　儂がありとあらゆる事象を見通す魔眼の持ち主だということを」

幼女は若干《じゃっかん》イライラしながら俺に言葉を投げる。確かにギルドマスターはそう言っていた。

だから俺たちの目的や名前もお見通しだってことか。

「あんたが、魔眼の吸血鬼だったのか……」

「最初からそう言っておるじゃろうが！　コホン、では改めて」

そう言って、幼女は俺たちに手のひらを向け、ポーズを決めた。

「儂の名は、スカーレット・ブラッドレイ。誰が言ったか、畏怖《いふ》を込めて人は儂をこう呼ぶ。

『魔眼の吸血鬼』とな」

幼女はそう言い切ると、気が晴れたのかドヤ顔で笑った。

「して、お主らが知りたいのは虹色のスキルのことじゃな。いいぞ、教えてやろう」

スカーレットと名乗った幼女吸血鬼は、ちょいちょいと俺たちを手招きする。俺たちは黙ってそれに従うと、スカーレットは満足そうな笑みを浮かべ、椅子に座った。

「ふむふむ。やはり既《すで》に虹色のスキルを四つ手に入れておるな」

四つ？　言い間違いか？

「何か勘違いしているぞ。俺はまだ二つしか持っていない」

レベルリセットと天下無双だ。ステータスパネルを見ても、それしかない。何でも見通すと言っても、この程度なら期待薄かもしれない。しかし、スカーレットはそんな俺をフンと鼻で笑った。

「正式な形での入手ではないから、ステータスパネルには反映されておらんだけじゃよ。ただ確認できないだけで、しっかりと効果は実感しているはずじゃ」

正式な形ではない入手？　しっかりと効果は実感している？

「待ってくれ、急展開過ぎて脳が付いていってない。もう少し詳しく教えてくれないか」

「やれやれ。相変わらず仕方のない奴じゃのう」

スカーレットは、はぁとため息をつくと面倒くさそうに語り始めた。

「虹色を含めたところの本来のスキルを入手する手段は、スキルクリスタルへの『干渉《かんしょう》』じゃ。お主はレベルリセットと天下無双という二つを手に入れておる。それはリーゼベトのスキルクリスタル、そしてニナが持っているユーレシュのスキルクリスタルに干渉することで入手したのじゃろ？」

「あ、ああ。そうだな」

「もう一つ虹色のスキルのみ本来のやり方以外で修得する方法がある。それがスキルクリスタルとの『共存』。つまりは、スキルクリスタルの近くにいましたということじゃな」

「共存……」

「ある一定の間スキルクリスタルと共存したことで、気付かぬうちに虹色のスキルを二つ修得しておったのじゃよ。ただ、本来の修得方法とは違うが故《ゆえ》に、ステータスパネルに反映されていないというだけなのじゃ」

俺はその言葉を聞いて、ニナのスキルクリスタルを見る。こいつと一緒にいることで見えない形で既《すで》に二つ修得していたなんて……。

「ああ、残念じゃがそのスキルクリスタルじゃないぞ。共存をしていたのはな」

「は？」

「何せ、一つのスキルクリスタルから修得できる虹色のスキルは一つだけじゃからな」

一つのスキルクリスタルからは、一つだけしか修得できない⁉

「よくよく思い出してみるんじゃな。お主が虹色のスキルを手に入れたのは、初めてそのスキルクリスタルに干渉したときではなかったか？」

「そう言われてみれば」

確かに、ニナが持っているスキルクリスタルに二回目以降干渉した時に得たスキルは、金色のそれだった。

「一玉二技《いちぎょくいちぎ》。それがスキルクリスタルと虹色のスキルの関係じゃ。というわけで話は戻るが、お主が気付いていない残りの二つは、別のスキルクリスタルとの共存により修得したものということになる」

俺はその言葉を聞いて過去を振り返る。が、スキル開花式の時、そしてニナに出会った時の二回しかスキルクリスタルを見たことがない。いつだ？　いつ、俺はスキルクリスタルと共存をしていた？　スキルクリスタルは大小さまざまと聞く。例えばツヴァイト家の誰かがしていた指輪とかが、実はスキルクリスタルだった……という風に考えると辻褄《つじつま》が合う気がする。

「その様子じゃと心当たりはないみたいじゃな。まぁ無理もないがの。普通は気付かん」

「普通は気付かない……、ということは巧妙に隠されていた、あるいは俺に知られないように誰かが画策《かくさく》したということか？」

「違うの。お主が単純にスキルクリスタルと認識できなかっただけじゃ」

ますます分からん。もういい、直球勝負だ。

「降参だ。答えを教えてくれ」

「それは面白くないから却下《きゃっか》じゃ」

俺の言葉を聞いて、即断でそう言い放つ幼女吸血鬼。面白いとか面白くないとかそういう話だったか？

「そういう問題なのか？」

「そういう問題なのじゃ」

……。そういう問題らしい。

「いやいや。ここまできてそれはないだろ。意地悪にもほどがあるぞ」

「嫌なものは嫌じゃ。お主はしつこいの」

「せめてヒントだけでもないのか」

まったく手掛かりがないのは辛《つら》い。少しだけでもいいから情報を引き出しておきたい。

「うーん」

スカーレットは少し考えたのち、まあヒントだけならと納得してくれた。

「スキルクリスタルから得られる虹色のスキルは決まっておってな。スキルを見ればどのスキルクリスタルから修得したか分かる。お主のスキルは、ディアイン、そしてロギメルのスキルクリスタルから得られたもの。これがヒントじゃ」

「ディアインとロギメル!?」

すると、今まで黙って聞いていたアールヴが血相を変える。

「それって、以前リーゼベトに滅ぼされた国の名前じゃないですか！」

「そうじゃよ」

スカーレットは誤魔化しもせず、コクリと頷《うなず》いた。それについては俺も知っている。何故《なぜ》なら、その二カ国との戦を指揮していたのは、王の命《めい》を受けたボルガノフ・ツヴァイトという人物、すなわち俺がかつて父親と呼んでいた存在だからだ。幼少の頃、いつも酒に酔ってはその時の話を俺にしていた。ロギメルには仲が良かった奴がいたから、その頃からだんだんと父親が嫌いになり始めた。正直今思い出しても気分が悪い。が、なるほど、ヒントという割にはほとんど答えを言ってくれているようなものだな。

「そのスキルクリスタルは俺の親父が持っているんだな」

「さあの」

スカーレットは肯定《こうてい》も否定もしない。今までは違うことには否定が入っていたので、これは肯定と取っても良さそうだな。

「えっ、えっ？」

ニナは俺の言葉を聞いて当惑しているが、後で説明しよう。今はスカーレットから情報を引き出すのが最優先だ。

「次の質問だ。俺の隠された二つのスキルの名前と効果について教えてくれ」

隠された二つ。隠されたままでもいいが、せめて効果については知っておきたい。

「悩ましいところじゃの」

うーん、うーんとスカーレットは考える。

「それも面白くないから却下か?」

「と、言いたいところじゃが、別に今知っても後で知っても何かが変わることはないしの」

スカーレットは数秒悩んだ後に仕方ないといった表情で呟《つぶや》いた。

「ええぞ。それは教えてやろう」

そして、彼女から俺の二つの隠されたスキルの名が語られた。

「『早熟』と『超回復』それがお主の持つ、隠された二つのスキルの名じゃ」

「早熟、超回復……」

俺はスカーレットの言葉をそのまま反芻《はんすう》する。

「これだけでもお主にはピンときたのではないか? この二つがどんな効果を持っているのか」

「一つは何となく察しがついた」

早熟。このスキルの名前から導き出される効果は、恐らくレベルアップの加速だ。天性の才能だと思われていたこれもまた、虹色のスキルだったわけだ。が、もう一つの超回復については正直ピンとこない。天下無双のように、自分で発動しなければならないタイプのスキルなのだろうか?

「うむ。早熟のスキル効果はその名の通り、早くレベルアップしていくということじゃな。ただし、一定レベルまで達した段階でそれ以上はレベルアップしなくなるがの」

なるほど。こいつのデメリットはレベルアップの頭打ちか。この間の大猪戦で105まで上がったのを確認したから、少なくともそれ以上であることは間違いなさそうだが。

「それからもう一つの超回復。これの効果はレベル変動時の体力、魔力、そして状態異常の全回復というものじゃな」

「レベル変動時の全回復……」

俺はそれを聞いて、過去を振り返る。なるほど……、なるほどなるほどなるほど！　リーゼベトで奴隷と同様の扱いをされていたあの時、殴《なぐ》られ、魔法で痛めつけられても、気付けば傷は消えていた。大猪戦、マジックブースト使用で枯渇《こかつ》したと思っていた魔力が、気付けば戻っていた。全て、レベルが上がったことがトリガーとなってこのスキルが発動していたんだ。さて、問題は……。

「で、続きを聞かせてくれるか？」

「続きとは？」

スカーレットは「？」マークを頭に浮かべている。

「勿体《もったい》ぶってないで教えてくれ。当然あるんだろう、超回復にも副作用のデメリットが」

「ないぞ。これで終わりじゃ」

「は？」

思わず声が漏れてしまった。デメリットが……ないだと？

「別に虹色だからといって必ずしもデメリットがあるわけではないぞ」

「そうなのか？」

「むしろお主が癖《くせ》のあるものばかり手に入れたせいで、穿《うが》った捉《とら》え方をしているだけじゃ。まあ、かくいう儂が持っているこれもそのうちの一つなんじゃが……」

そう言って、スカーレットは懐《ふところ》から何かを取り出し、それを俺に投げてよこす。

「餞別《せんべつ》じゃ。くれてやるから使ってみるのじゃ」

渡されたそれを確認すると、それはニナが持っているユーレシュのスキルクリスタルと同じくらいの大きさのスキルクリスタルだった。

「昔々に栄えておった、インザインという国が保有していたスキルクリスタルじゃ」

フフンと得意げにスカーレットは笑う。

「いや、せっかくなんだけど無理だ」

俺は、インザインのスキルクリスタルをギュっと握る。

「なんでじゃ？」

「SPが足りない。114程度じゃ修得できないだろ」

「変な思い込みだらけじゃのお主は」

しかし、俺の言葉を聞いたスカーレットは呆《あき》れたような顔でため息をついた。

「虹色のスキルを修得するのにSPは必要ない」

「嘘だろ⁉　いや、だって……」

「修得時に大量のSPが全て消費されたからそう思ったのか？　それはあるスキルを手に入れた段階で何故そうなったのかが分かるようになる。じゃから今は騙《だま》されたと思って使ってみるのじゃ」

「わ、分かった」

俺はスカーレットに言われるがまま、スキルクリスタルを握る手に力を込め、念じた。すると、スキルクリスタルは淡い光を放ち、それは以前見たのと同じ虹色の光を帯び始める。やがて、俺の中から何かが抜ける感覚に襲われ、光が集束し、俺に吸収されていった。

「確認してみるのじゃ」

「ああ」

恐る恐る俺はステータスパネルを開く。

＊＊＊＊＊＊＊＊＊＊＊＊＊＊＊＊＊＊＊＊＊＊＊＊＊＊＊＊＊＊

ラグナス・ツヴァイト
Lv：18
筋力：EEEEE
体力：EE＋
知力：E＋

魔力：E＋
速力：EEEE
運勢：FFFFF＋
SP：0
スキル：【レベルリセット】【ランダムスキル】【天下無双】
＊＊＊＊＊＊＊＊＊＊＊＊＊＊＊＊＊＊＊＊＊＊＊＊＊＊＊＊＊

そこには、ランダムスキルという新たなスキルが追加されていた。次いで俺はスキルの効果を確認してみる。

＝＝＝＝＝＝＝＝＝＝＝＝＝＝＝＝＝＝＝＝＝＝＝＝＝＝＝＝＝

ランダムスキル
一日に一度、ランダムにスキルをSPの消費なしに修得することができる。
修得したスキルは日付が変わる瞬間に消滅する。
レベルが低いほど修得できるスキルは強いものとなり、高いほど弱いものとなる。

＝＝＝＝＝＝＝＝＝＝＝＝＝＝＝＝＝＝＝＝＝＝＝＝＝＝＝＝＝

「どうじゃ。気に入ったじゃろう？　こいつも一癖あるが、お主のレベルリセットとの相性は抜群じゃぞ」

「ああ、俺もそう思うよ」

なにせ、レベルリセットとのコンビネーションでデメリットがデメリットではなくなっている。言わずもがな、スキル消滅はこいつでなくてもレベルリセットによってされてしまうため、はっきり言って関係ない。また、レベルが低いと修得できるスキルが強くなるのであれば、毎日レベルが1に戻る俺は常に強いスキルを引き続けることができるということだ。

「まるで、レベルリセットありきで虹色のスキルは構成されているみたいだな」

「ん？　そりゃそうじゃよ。全てを修得することではじめて最強となるのが虹色のスキルなのじゃからな。レベルリセットだけじゃなく、お主の持つ他のスキルとのシナジー効果で強くなるものもあるぞ」

他のスキル……というと、早熟、天下無双、超回復のことか。いやいや、それより今聞き捨てならないことをさらっと言ったな。全てのスキルを修得することではじめて最強になると。

「虹色のスキルは全て修得しなければ意味がないということか？」

「意味がないとは言わんが、いずれそうすることになるじゃろうとだけ、今は言っておこうかの」

「そこも濁すんだな」

「面白くないからの」

「またそれか」

はぁ、俺はため息をついた。肝心なところをこの幼女は何故か隠したがる。全てを見通し、知っているのなら教えてくれてもいいと思うんだけどな。

「あのー、ちょっといいでしょうか?」

「ん?」

さてどうしたものかと考えていると、隣からニナが話しかけてくる。

「さっきから私だけ話についていけてなくて。できたら説明してもらえると助かるんですが……」

確かニナは俺のステータスを確認できるが、スキルの効果までは確認できないんだっけか? 面倒くさいけどしょうがないから説明するかと思い、ふと手の中のスキルクリスタルに目をやる。そこで俺はハッと一つの事実に気付いた。確かスカーレットはこう言った。このスキルクリスタルをくれてやると。そして、ニナの方を見る。彼女は首を傾《かし》げて無垢《むく》な表情を浮かべていた。その彼女の首元にあるスキルクリスタルが、どこか寂しそうな様子で揺れているのも知らずに。

「どうしましたラグナス?」

「……」

「何だか顔が怖いです……よ？」

「いや、何でもない」

わずかによぎった考えを俺は振り払う。ニナを見ると、少し不安そうな顔でこちらを窺《うかが》っていた。

「俺のスキルの話だったな」

酷な考えを打ち消すように俺は話を戻す。ランダムスキル。その効果を彼女にも伝えておくべきだろう。そう思って、口を開きかけた時、スカーレットが「ムムッ」と声を上げた。何だと思い彼女を見ると、一匹のコウモリが彼女の耳元で何かをささやいている。

「どうしたんだ？」

俺はニナへの説明をいったん中断し、スカーレットに尋ねた。

「ウィッシュサイドが陥落した」

彼女は静かな声で俺たちに告げた。ウィッシュサイドといえば、俺が拠点《きょてん》にしていたアスアレフ西端の町だ。陥落したといっても一体誰の仕業《しわざ》だろうか？

「盗賊団か？　それとも内乱か？」

アスアレフは現在、どの国とも戦争はしていない。となると、考えられるのはこの二つだ。

しかし、スカーレットはフルフルと首を横に振り否定をする。

「進駐したのはリーゼベト七星隊の一人、フォーロック・アレクライト率いる部隊じゃ」

スカーレットはそう告げると、スッと目線をニナへ移す。ニナは静かに目線を下げたまま、何も言わない。なるほど、そういうことか。

「アスアレフの方も王国騎士団が出陣し、ウィッシュサイドを奪還しようとしておる。このまぶつかれば大国同士の戦争は免《まぬか》れんじゃろうな」

「相手方の目的はなんなのでしょうか？」

ニナは声を震わせながらスカーレットに尋ねる。返ってくる答えなんて、とうに予想はついているだろうにな。

「ニナ・ユーレシュの引き渡し。そうすれば全軍を引き上げると言っておるそうじゃ」

本人が捕まらない以上、強行手段に出たということか。やることがえげつないなリーゼベトも。こんな少女一人にどこまで執念深いのか。すると、何を思ったかニナはダッと出口に向かって駆け始めた。

「ニナ！」

俺は強い口調で彼女を制止する。

「まさかとは思うが、行く気じゃないだろうな？」

「……、ラグナス何をしているのですか。戦争を止めに行きますよ」

彼女は振り返らず俺に答える。

「どうやって？」

俺は冷たく言い放つ。

「そのフォーロックという輩《やから》をウィッシュサイドから追い払います」

「その方法は？」

「えっと……、ラグナスのスキルは凄《すご》いですから。それにスカーレットさんからも新しいスキルをいただいたのでしょう？　でしたら……」

「話にならないな」

俺はつかつかとニナに歩み寄り、こちらへ無理矢理振り向かせた。

「お前にウィッシュサイドを救う策があり、かつ、それが妙案であるのならば俺は喜んで協力した。百歩譲って、自分の身を犠牲にしてでもという意志のもと、お前自身の責任でお前自身の考えを貫《つらぬ》き通すのならその信念は理解してやった。もちろんその場合も止めていたけどな。だけど、なんだ？　聞いていれば頼みの綱は俺だと？　ふざけるのもいい加減にしろ！」

思わず声を荒らげてしまう。が、こいつには多少なりともきつめの言葉を浴びせておかないと、引っ張り回されるこちらの身が持たない。俺の虹色のスキルも万能ではないんだからな。

「行きたいなら勝手に一人で行け。もうお前の身勝手な考えには付き合いきれない」

それだけピシャリと言うと、俺は彼女に背を向けた。これで俺の本気が伝わり、考えが変わってくれるといいんだが。

「力を貸してはくれないのですか……？」

弱々しく彼女は俺に尋ねるが、何も答えないことで「そうだ」という意思を伝える。しばらくの間、俺たち二人を沈黙が包んだが、それを破ったのはニナだった。

「そうですか……」

彼女は再び俺に背を向け、出口へと歩を進め始めた。そうか。お前はそういう選択をするんだな。

「後悔はないんだな！」

最後通告。しかし彼女は俺の方に振り返ることなく言った。

「ウィッシュサイドの方々を見捨てることはできませんから」

今までに聞いた彼女の声の中で、一番辛《つら》そうな声だった。お前はそんな思いをしてまで行くというのか？　何がお前をそこまでさせるんだ？

「おい、ニナよ。行くのは構わんが一つだけ忠告しとくのじゃ」

すると、今まで黙っていたスカーレットが立ち上がり、ニナへ言葉を投げる。

「お主の高尚な思いは分からんでもない。じゃがな、それを重視するあまり、周りが見えなくなるようでは本末転倒じゃぞ。焦《あせ》るな、冷静になれ。そうすれば人と結果は自《おの》ずと付いてくる」

な？　とスカーレットは俺に目配せした。いや、俺に振るなよ。

「ご忠告ありがとうございます。でも、私は行きます。たとえラグナスがいなくとも」

「そうか。ならばこれ以上は何も言うまい」

スカーレットはやれやれといった表情で、椅子に座りなおした。

「ラグナス」

アールヴは俺に声をかける。

「今まで振り回してごめんなさい。そしてありがとうございました。こんな私とともにいてくれて」

そして毅然《きぜん》とした声で彼女は言った。

「さようなら、ラグナス」

ダッと駆け出す姿を俺はただぼんやりと眺める。これで、女の子から別れを告げられるのは二度目だなと思いながら。

「さてさて、ラグナス」

ニナが去った後、椅子に座ったままスカーレットが俺に声をかけてくる。虹色のスキルの話の続きだろうか。はたまた次のスキルクリスタルの在処《ありか》でも教えてくれるのだろうか。しかしスカーレットから放たれた言葉はそのどちらでもなかった。

「お主もウィッシュサイドへ行くのじゃ。それでニナを助けるのじゃ」

「は？」

思わず俺は自分の耳を疑ってしまった。

第6話 ◆ パペットマスター

「おい、聞いたか？　ついにヨーゲンの方にまで攻めてくるらしいぞ」

「らしいな。軍とギルドが協力して王都への侵攻をここで食い止めるんだとよ」

ヨーゲンギルドの一角。いかつい男二人が、緊急クエストが張り出された掲示板を見ながら会話をしている。


＋＋＋

【緊急クエスト】

フォーロック・アレクライトの侵攻の阻止。活躍したものには相応の報酬を支払う。


＋＋＋

やけに簡潔な文面のそのクエスト。依頼人の名は記載されていないが、国王直々《じきじき》のものであるのは間違いなかった。俺もそれを見ながらどうしたものかと思い悩む。数日前、スカーレッ

トからあんなことを言われなければ、無視を決め込んでいたのになｏ

◇

「お主《ぬし》もウィッシュサイドへ行くのじゃ。それでニナを助けるのじゃ」

「は？」

思わず自分の耳を疑った。いやいや、さっきの俺とニナのやり取りを聞いてたよな？

「お主の言いたいことは分かるが、ニナを助けに行かなければ詰むぞ？」

スカーレットから語気を強くした言葉が飛んでくる。

「詰むって……、言っている意味が分からない」

「そのままの言葉の通りじゃよ。これからお主が為《な》すべきこと、それはこの世界の行く末を握るものとなる。それにおいて彼女の存在が必要不可欠なのじゃ」

「俺が為すべきこと？」

ますます頭がこんがらがってくる。俺が為すべきことってなんだ？　世界の行く末を握るってなんだ？　この幼女吸血鬼は魔眼の力とやらで未来視ができるのかもしれないが、如何《いかん》せん話がざっくりしすぎていて脳が付いていかない。

「もう少し具体的に教えてもらうことはできないのか？」

「それは無理じゃ」

「面白くないからか？」

「いや、違う」

てっきり個人的な感情の話かと思っていたら、違うらしい。

「じゃあ何で……」

「未来が変わってしまうんじゃよ」

俺の言葉を途中で切り、彼女はピシャっと言った。瞬間、空気が凍る。まるで今までのやり取りが飯事であったかのように、スカーレットの帯びるオーラが変わった。

「全てを儂《わし》が語るのは簡単じゃが、時には真実を知らない方が正しく動けるということもある。少なくとも儂が見たお主は、全てを知り、正しく動かなかった。それが理由じゃ」

スカーレットは立ち上がり、俺の方へと歩み寄ってきた。近くに来ると、そのピンと張った冷気のようなオーラが強くなり、思わず後ずさりをしてしまう。

「儂の一言でさえ未来は無数の分岐となって変わっていく。悪いことは言わん。これ以上は聞くな。そしてニナを生きて助けるのじゃ。それが今のお主にできる最善手じゃ」

「じゃあなんでニナを行かせたんだ？」

俺は至極《しごく》当然の疑問をスカーレットに投げかける。ニナが死んで詰むのならば、最初から行かせなければいいはずだ。

「やれやれ。お主はさっきから嚙みつくようになんでなんでばかりじゃの。ちっとは自分で考えたらどうじゃ？　少なくとも考えられる材料は与えておるじゃろう。それとも脳味噌が腐っておるからすぐに答えを求めるのか？」

スカーレットは若干《じゃっかん》イラッとしたような声で俺に言う。若干俺もムカッとしたが、それよりもその言葉通り俺なりに考えたところ、辿《たど》り着く答えは一つしかない。

「ウィッシュサイドへ行く必要があるからか？」

俺が尋《たず》ねると、満足そうな顔でスカーレットは大きく頷《うなず》いた。ただ分からないのは、ウィッシュサイドへ行ったニナを俺が助けるという行為自体に必要性があるのか、はたまた俺とニナが一緒にウィッシュサイドへ行ってフォーロックとやらを追い払えば良かったのかだ。どちらにせよ現状は前者に傾いているので、これについては考えても仕方がないのかもしれない。

「大体は分かった。だけどな……」

自分の中で無理矢理に飲み込む。本当、無理矢理だけどな。未来視とか言われても今でさえあまり信じられないし。しかし、それでも一つだけ気になることが残っている。

「もし、それでも助けないと言ったら？」

自分の思い通りにならなかった時、スカーレットはどう動くのかだ。正直スカーレットの言う通りにすれば、俺は正しく動いたということになるのだろう。ということは、そうしなければ俺は正しく動かなかったということになる。その時、スカーレットはどうするのか、それを俺は知りたかった。正直その返答次第では、言うことを聞かないというのもありだ。ニナと違って、スカーレットには俺に対する強制権はないのだから。すると、彼女は寂《さび》しそうな笑みを浮かべながら答えた。

「この世界に、もはや用はない」

その瞬間に、彼女から冷気のオーラは霧散《むさん》していった。

◇

あの時のスカーレットの目は嘘をついているようには見えなかった。この世界に、もはや用はない。それが意味するのは、自身の力でこの世界を滅ぼしにかかるということだろう。それほどまでにニナの存在が重要だと、亡国の王女一人の命が重要だと言うのか?

「世界が滅ぶ……か」

俺は、こんな運命を突き付けた世界が、神が許せない。だからいっそのこと何もせず、あとはスカーレットに任せてこの世界の滅びゆく様を見るのも一興かもしれない。だけどそれでは俺の鬱屈《うっくつ》とした思い全てが晴れないんだ。俺を侮蔑《ぶべつ》し、罵倒《ばとう》し、殴《なぐ》り、見限ったあいつらの後悔と絶望に歪《ゆが》む顔を拝《おが》むまでは死んでも死にきれないんだ。だからこんなところで世界が滅んでもらっては俺が困る。俺の目的が果たされるまでは絶対にだ。

「正直気は進まないけれど、ここはスカーレットの言う通りニナを助ける……と言いたいところだが、肝心の本人はどこへ行ったんだ？」

結局スカーレットにそう言われてすぐ、「天下無双」でニナを追いかけたけれど見つからなかった。もしかしたら追い抜いたかもとヨーゲンで待ち伏せをして数日経《た》つが、未《いま》だに会えずじまい。ウィッシュサイドに行くには必ずヨーゲンを通るはずなのに一体どこにいるんだ？ウィッシュサイドからフォーロックが撤退したという情報がないということは、少なくとも二人が接触したということは考えにくい。

「ウィッシュサイドへ行ってみるか」

もしかしたら、ウィッシュサイドへ到着したところを上手《うま》く捕まえられるかもしれない。あいつの場合策もなしに突っ込んでいきそうだから、何かもめごと起こして目立ちそうだしな。

「そうと決まれば、善は急げだ」

俺はクエストが張られている掲示板に背を向けると、ギルドを後にした。

◇

アスアレフ王国西端の町、ウィッシュサイド。フォーロック・アレクライトはかつての町長の屋敷の一室で、部下からの報告に焦《あせ》りを覚えていた。

「アスアレフ王国から回答がありました。ニナ・ユーレシュなる人物の行方《ゆくえ》は知らないとの一点張りです」

「そんなバカな……」

アスアレフ王からの何度目かの回答を未だに信じられず、フォーロックは頭を抱《かか》えた。ニナ・ユーレシュが消えたのは、ここウィッシュサイドからほど近いエキュートの森。部下からの情報では、一陣の風が吹いたかと思うと、忽然《こつぜん》とニナ・ユーレシュの足取りが消えたとのことであった。人一人が一瞬にして消えるなど、神隠しにでも遭《あ》わない限り考えられない。そこでフォーロックが導き出した答えは、アスアレフ王のバックアップがあったのではないか、というものであった。ニナ・ユーレシュがエキュートの森に潜《ひそ》んでいる。これはリーゼベトの兵士たちがアスアレフの領土に立ち入りの許可を得るため、関所の人間に伝えていた。彼女も亡国の、とはいえ、一国の王女。アスアレフ王としても利用価値は十分にある。このため、フォーロックはウィッシュサイドを落とし、町と引き換えに彼女を手に入れる算段だったのだが……。

「一つの町でさえ彼女の価値には及ばないとでもいうのか？　いや、それとも本当に知らない……。ならば一体誰が彼女を？」

白銀の鎧《よろい》を纏《まと》った若き隊長は、リーゼベト王族特有の赤い髪をガシガシと掻きむしった。このままではこの作戦は失敗に終わってしまう。それだけは避けなければならない。ジュリアス総隊長は七星隊隊長の中で二番目に若い自分にチャンスをくれた。他の隊長から疎《うと》まれているにもかかわらずだ。この機を逃してしまえば、恩人を死に至らしめるだけでなく、自分の目指すものがまた一歩遠のいてしまうことに他ならない。失敗は、絶対に許されない。

「総員に告げよ。ヨーゲンへの侵攻を開始する」

フォーロックは立ち上がり、部屋にいる兵士にそう告げた。それを聞いた兵士は「はっ」と短く返事をすると、足早に部屋を後にする。これは今までのような脅《おど》しではない。一人残されたフォーロックは、椅子に座り目をつむった。

「勝利の神アルネツァックよ。どうか、我が軍に勝利を」

頭に浮かぶのは亡き母、そして彼の中では未だ少女のままの妹だった。

◇

アスアレフ王国西端の町、ウィッシュサイド。一人の男が、その町の様子を少し離れた場所から眺めていた。

「陥落したと聞いていたが、思っていたよりも建物の被害はないな」

見える町は、陥落したにしては随分《ずいぶん》と綺麗過ぎた。まるで、陥落したのが嘘か、あるいはウイッシュサイド側から町を開け渡したかのように。

「だが、リーゼベトの兵士が占拠《せんきょ》をしているのは間違いなさそうだ」

町の入り口、そこにはリーゼベトの騎士鎧を纏う男が二名、雑談をしていた。

「うちの隊長。ついに、ヨーゲンへの侵攻を開始するってよ」

(あーあ、仕事だりぃ)

「正気か？　相手はアスアレフ王国だぞ？　リーゼベトも大国とはいえ、一国相手に一小隊だけで敵《かな》うとでも思っているのか？」

「さぁな？　ただこれ以上付いていけないと思ったら俺は逃げるぞ。あの隊長を見限っても他の隊長が拾ってくれると思うしな」

(こいつ真面目《まじめ》過ぎ。うぜー)

「おいおい、そんなこと聞かれたら大変だぞ!?」

「大丈夫だって。あの人は殺しを嫌う甘ちゃんだ。聞かれたとしても厳重注意ぐらいで済むさ」

「確かに。現にこの町を落とした時も、死人は絶対に出すなってお達しだった」

(本当に隊長は正しいのだろうか……)

「お陰様で、陥落させるまでに本来の数倍の時間がかかったけどな」

「おーい、そろそろ交代の時間だ……って何話してたんだ？」

(うわっ、相方はヨシュアかよ。こいつ真面目過ぎて面白くないんだよなー)

「何でもねえよ。さぁ飯だ飯だ。こんなところでこんな任務、飯ぐらいしか楽しみがねえわ」

（はー、女が抱きてえ）

「どうしたんだあいつ？」

（どうせしょうもないこと考えてんだろうけど）

「後で本人に聞くといい。今は仕事中だ」

（いやいやくだらんことを考えるな。俺は隊長を信じて付いていくだけだ！）

「へいへい。ヨシュア君はいつでも真面目ですなー」

（こいつ真面目過ぎ。うぜー）

…………。

どうやらこの隊も一枚岩ではないということは分かった。にしてもフォーロックの奴、隊長といってもヨシュアとやら以外は味方がいないんじゃないだろうか？　もしかしたら、放っておいてもアスアレフ王国が片を付けてくれるのかもしれない。俺はランダムスキルで手に入れた『静聴』という名のスキルに感謝した。


＝＝＝＝＝＝＝＝＝＝＝＝＝＝＝＝＝＝＝＝＝＝＝＝＝＝＝＝＝＝

静聴
目に見える対象のありとあらゆる声を聴くことができる。

＝＝＝＝＝＝＝＝＝＝＝＝＝＝＝＝＝＝＝＝＝＝＝＝＝＝＝＝＝＝

しかしそうするとあいつは一体どこへ行ったんだろうか。とりあえずフォーロックがヨーゲン侵攻を企《くわだ》てているということは、少なからずニナは捕縛されていないということになる。ヨーゲンにもいない、ウィッシュサイドにもいないとなると果たして……。

ピギッ！

俺がそんなことを考えていると、後ろから憎たらしい鳴き声が聞こえてくる。振り返ると、思った通り。そこには、クソ猪《いのしし》が鼻息荒く俺を睨《にら》みつけていた。

ピギッピギッ。

(やっと来たなノロマ！　僕がどれだけお前を待っていたと思うんだ！)

おお、このスキル、クソ猪の声も聞こえるのか。ってかこいつ口悪いな。思ってた通りといえば思ってた通りだが。

ピギギッ、ピギャッ。

(ご主人様からお前を見つけたら連れてきてほしいと言われてるんだ。だから僕に付いてこい！)

そう言って、クソ猪は俺に背を向けて歩き始める。連れてきてほしいということは、どうやらニナは別の場所にいるということみたいだな。まずは生きていたことに一安心し、俺はとてとてと歩くクソ猪の後を追いかけた。

「ここは、エキュートの森？」

クソ猪に連れられるまま、歩くこと一時間。俺は、ニナと出会ったあの森の入り口に立っていた。

「ニナはここにいるのか？」

俺はクソ猪に尋ねる。しかし奴は何も答えないまま、黙って付いてこいと言わんばかりに歩を進めた。答えてもらえない以上仕方がないので、俺は奴の後ろについていく。

森の中を進むこと数十分。木々の間を抜けた先に、他の木よりも二回りほど大きな木があった。

ピギッ。

（ここだよ）

クソ猪が目を向ける先、その大木の根元に大きな穴が掘られている。人一人ほどが通れるその穴は、人間がいるというよりかは、どちらかというと魔物の住処《すみか》のように思えた。俺はクソ猪に導かれるまま、その穴に足を踏み入れる。中は暗く、トーチライトの魔法で照らしながら進んでいくと、木の根と土で覆《おお》われた壁とは違う一枚の鉄製の扉へ辿り着いた。

「ここなんだな」

俺が尋ねると、肯定《こうてい》とばかりにクソ猪は首を縦《たて》に振る。俺はその扉に力を入れ、ゆっくりと開いた。

「ラグナス……」

その先に広がっていたのは、人一人が住むにはちょうどいい部屋。声のする方を見ると、木のテーブルを囲むように置かれた四脚の椅子の一つにニナがぽつんと座っていた。彼女は驚きのあまりこちらを見つめたまま固まっている。

「よう。まだ生きていたみたいだな」

「本当に……来てくれたのですね」

(彼女の言っていたことは本当だったのですね)

そう言うニナの瞳は少し潤《うる》んでいた。彼女って誰だ？

「本当にって。お前がこのクソ猪を俺のところに寄越《よこ》したんだろうが」

俺はクソ猪の首の辺りを掴み、テーブルの上にポスンと置く。

「確かにそうなのですが、どうしてそれを？」

(どうして分かったの？)

「このクソ猪から聞いた」

「聞いた？　ウリンちゃんからですか？　どうやってです？」

(ウリンちゃん、会話ができるようになったの!?)

「ああ。そうか、そうだったな」

俺は静聴スキルのことをニナに説明する。ニナは興味津々《しんしん》といった様子で俺のその話をフンフンと聞いていた。

「というわけだ」

「凄《すご》いスキルです。一日で消えてしまうというのが残念ですが」

（ということは私の考えていることも分かっちゃうんだ）

「まあな。だが俺としてはもっと戦闘向きのスキルの方がありがたい」

何せ毎日レベルが1に戻るもんで。あと心の声が鬱陶《うっとう》しいからスキルをオフにしておこう。このスキルの何が使いやすいって、オンオフの切り替えができるところなんだよな。この状況でニナが俺に対して嘘偽《いつわ》りを言うことは考えられないし、発動しておく必要はないだろう。

「相手の心が読める時点で十分に戦闘向きだとは思いますよ」

「それよりもだ。何故《なぜ》俺がここへ来ることが分かったんだ？」

「その件ですか。それは……」

「儂じゃよ」

俺は声のした方を見る。そこにはこちらをつぶらな瞳で見るニナの姿。正確には彼女の後頭部の辺りからそれは聞こえた。

「儂がこの子に教えたのじゃ」

「その声は……」

俺はジト目でニナの頭部を見る。すると、彼女の金色の髪を一つに括《くく》っていた黒いリボン。それがもぞもぞと動き始め、一匹のコウモリへと変わった。

「見慣れないリボンを付けているなとは思った。お前だったのか、スカーレット・ブラッドレイ」

「ここに来るまで少し時間がかかったのう。まあ許容範囲内じゃが」

コウモリは愉快そうに笑いながら言う。

「半信半疑だったのですが、本当に来てくれるとは思いませんでした」

「じゃから儂は言ったじゃろう。ラグナスは愛《いと》しいお主のために駆けつけてくれるのじゃと」

「おい、ちょっと待て」

聞き捨てならない言葉を発したコウモリに俺は制止をかけた。

「誰が、誰を愛しいだって？」

「聞こえておったか。まあ些末《さまつ》な問題じゃて」

「些末な問題って……」

俺はニナを見やる。彼女は少し顔を赤らめて俺から視線を逸《そ》らした。おい、勘違いするな。違うぞ、違うからな！

「ったく。全部お前の手のひらの上ってわけだ」

「なーんのことじゃかさっぱり分からんのー」

なおもとぼけるロリ吸血鬼に、俺は一つため息をつく。もういい。どうせこれ以上追及してものらりくらりとかわされるだけだろう。

「んでニナ、お前の方はこんなところで何してるんだ？　てっきり敵さんに特攻してるものだとばかり思ったが？」

「私は……、その……。最初はそのつもりでしたが、スカーレットさんの言葉を思い出して……」

「スカーレットの言葉？」

「『焦るな、冷静になれ。そうすれば人と結果は自《おの》ずと付いてくる』。ですから一度頭を冷やして考えてみたんです。ですが……」

そこまで言ってニナは悲痛に満ちた笑みを浮かべた。

「私が犠牲になる以外の考えが浮かびませんでした」

……。まぁそうかもしれない。相手は腐ってもリーゼベト七星隊隊長だ。ニナ一人でできることなんてたかが知れているだろう。

「ラグナスと別れたことを反省しました。もし二人だったら何か手立てがあったかもしれない。ラグナスだったら、冷静に状況を分析して最良の手段で解決してくれたかもしれないと」

「じゃから儂は忠告したのじゃ。すんでのところで思い留《とど》まってくれて良かったがの」

スカーレットはパタパタと宙を飛びながら、少し厳しめにニナに反省を促す。ニナはそれを聞いてシュンと肩を落とした。

「ラグナス。お主にも監視をつけておいて正解じゃった。おかげでニナにいつ頃お主がウィッシュサイドへ到着するかの目途《めど》を伝えることができたからの」

「監視？」

「そうじゃ。儂ら吸血鬼はコウモリ一匹分までならこのように遠隔操作ができるのじゃ」

スカーレットはそう言うとパタパタと自由に飛んでみせた。てっきり俺はコウモリに変化《へんげ》でもして追っかけてきたのかと思ったが。

「ん？　待て待て。それだとおかしい。お前は主にニナのところへ状況を伝えに来たんだろう。じゃあ俺の監視とやらはどうやってたんだ？」

スカーレットが遠隔操作できるコウモリは一匹のみ。では俺の監視は一体どうやっていたのだろうか。それも魔眼の力だとでも言うのだろうか。

「ああ。それは儂の協力者にお願いしたのじゃ」

「協力者？」

「ほれ、振り返ってみるのじゃ」

俺はスカーレットに言われるまま、後ろを振り返った。するともう一匹、別のコウモリがパタパタと挨拶《あいさつ》するかのように飛んでいた。

「なるほど。こいつが俺の動向をお前に伝え、お前はそれをニナに伝えていたのか。どうりでクソ猪がタイミングよく現れるわけだ。それでも少しは待っていたみたいだけどな」

「ウリンちゃんには大体の時間と場所を伝えただけですから。遅れなかっただけ良かったと思います」

ニナはそう言いながらクソ猪を撫でた。クソ猪は気持ちよさそうにピギーピギーと鳴き声をあげている。

「スカーレット。ちなみにこいつは誰なんだ？　協力者というのなら俺たちの敵ではないだろう？　挨拶ぐらいさせてくれ」

俺は立てた親指で後ろをパタパタ飛ぶコウモリを差す。

「ふむ。今はそれは教えられん」

しかしスカーレットは即座にそう断言した。

「なんでだ」

「なんでもじゃ。とりあえずお主たちもよく知っておる人物、とだけ言っておこうかの」

「よく知っている人物？」

誰だ？　俺とニナが共通して知っているのならば限られる。しかしその中の誰もが吸血鬼とはほど遠い普通の人間のはずだ。

「ええい。今はそんなことを気にしておる場合ではなかろう。お主たち、今外ではどうなっているのか忘れたわけではあるまい？」

外の状況。恐らくスカーレットは、フォーロック・アレクライト率いる隊と、アスアレフ王国とギルドの連合軍の激突のことを言っているのだろう。

「分かったよ。とりあえず俺が見聞きしてきた情報をニナに伝える。それからどうするかは二人で考えよう」

俺はそう伝えると、テーブルを挟み、ニナの対面の椅子へと腰かけると、兵士たちから聞き出した情報をニナへと伝える。それをニナは真剣な表情でふむふむと聞いていた。

「というのが俺が得た情報だ。俺としてはこのまま静観をして、アスアレフ連合軍にフォーロック隊を撃破してもらうのが最良の選択だと思う」

兵士から聞いたフォーロックの性格は殺しが嫌い。つまりは、このまま高みの見物を決め込んでいても、ニナの行方を摑めなければ、フォーロックは業《ごう》を煮やし、ヨーゲンへ侵攻を開始する。しかしヨーゲンにはアスアレフ連合軍が集結しつつあり、いくら七星隊とはいえ、一小隊だけで歯が立つとは思えない。アスアレフ連合軍がフォーロックを返り討ちにして終わり。それが確実にニナが生き残る最良の手段のはずだ。

「……」

ニナは俺の提案に何も答えない。まあそれも想定通りだ。この手段を取った場合、両軍に多少なりとも被害が出る。その原因はニナ・ユーレシュ本人だ。彼女は恐らく自分の存在が紛争の火種となってしまうことに心を痛めているのだろう。

「しかた……ないですよね」

――おや？

「そうするのが一番良いんですよね。ラグナスは私を思ってそう言ってくれてるんですよね」

彼女は自分に言い聞かせるように俺の意見に理解を示した。てっきりまた変な正義感が暴走するかと思っていたのだけれど……。この離れていた数日間で、彼女にも何かしらの心境の変化があったのかもしれない。それがスカーレットの助言からならば彼女には少し感謝だな。

「まあ本来ならな、とだけ付け加えておこうか」

尚《なお》も無理矢理納得しようと葛藤《かっとう》しているニナに、俺はそう告げた。彼女は「えっ?」と短く言葉を発し、不思議そうな顔で俺を見る。まあそうなるよな。

「本来なら今俺が言った案で行くのが吉。だが、こと今回に関しては事情が違うんだ」

「事情が違う?」

ニナは俺の言葉をオウム返しする。

「そうだ。そこのコウモリが俺に言ったんだよ。俺がウィッシュサイドに行く必要がある。そして、その上でニナを助けろとな。何をすればいいのかさっぱり分からないけど」

加えてあの時、スカーレットは俺に考えろと言った。だからこそ俺はウィッシュサイドに行く必要があるという結論に至った。その時はまだ、ここに来て何を為すべきか明確に分かっていなかったけれど、現状のニナの言動を踏まえると、だんだんと答えが見えてくる。

今回ニナはスカーレットの言葉を聞き、思いとどまった。つまり、俺が動かなくてもニナはフォーロックに特攻せず生き残っていたということになる。では、スカーレットの言っていたニナを助けろ、生きて助けろとはどういう意味なのか。恐らくスカーレットに聞いたところではぐらかされるのでこれは俺の推測でしかないが、命を助けろという意味ではなく、命を懸《か》けてやろうとすることを助けろということではないだろうか。ニナがやり遂《と》げるべきことに、俺が助太刀《すけだち》をする。俺たちでフォーロックの隊をなんとかしろという意味だとしたら、スカーレットが俺にここに来るように仕向けたのも納得ができる。だが、そうなると解《げ》せないのは俺たちである必要性だ。どのみちフォーロックを撃退するのであれば、俺たちであろうがアスアレフ軍であろうが違いはないはず。あー、何だか頭がこんがらがってきたな。スカーレットも直球で教えてくれてもいいだろうに。

「あの……。ラグナス？」

するとと、申し訳なさそうにニナが口を開いた。

「なんだ？」

「反対されるかもしれないですけど、今の私がどうしたいかだけを言ってもいいですか？」

「あ、ああ」

やけにしおらしく言うもんだから少し戸惑ってしまった。最初からこうだったらもっといろいろなことに慎重に対応できていたのかもな。これは今更言っても仕方がないけど。

「私、フォーロック……さんを助けたいと思ってます」

「はあ？」

俺は思わず素《す》っ頓狂《とんきょう》な声をあげてしまった。何を言っているんだこいつは。

「や、やっぱりそうですよね。すみません」

ニナはアハハと申し訳なさそうに笑った。

「敵なのにおかしいですよね」

「そうだな。それを自分で言うだけマシに……」

そう言いかけ、俺は言葉を止めた。何か引っかかる。何かは分からないけれど。

「なぁ、そう思った理由を聞いてもいいか？」

「理由……ですか？」

とりあえず理由を聞けばこの引っかかりの正体が分かるかもしれない。ニナは少し考える素振りを見せ、浮かない表情をして答えた。

「ラグナスから聞いた印象だと、どうも悪い人に思えなくて。このままだと、撤退しても侵攻しても死ぬ未来しかないのではないかと……」

「それで助けたくなった……か？」

「そうです……」

「悪い人に思えないというのは、殺しが嫌いだということからそう思ったのか？」

「あとウィッシュサイドもあまり被害がないというところからです」

「単純だな」

「自分でもそう思いました」

ニナはシュンと肩を落とす。やれやれ、スカーレットが言うところの高尚な思いとやらなのかもしれないが、どうやったらそんな考えに至るのだろうか。ましてや敵を助けるなんてな。引っかかりなど、やはり俺の気のせいだったのか？

「敵を助ける……」

待て。俺はフォーロックの撃退ばかりを考えていたけれど、ニナのこの突拍子《とつぴようし》もない発言どおり動くとするならどうだ。少なくともニナ一人では、無理そうに思えるというか多分無理なこの案。相手は七星隊の一人で、いくら金色スキル持ちのニナでも一人での遂行は不可能に近い。だが俺には虎の子の天下無双、そして運次第だがランダムスキルもある。ニナと協力すればわずかだが可能性は見えてくる。なるほど、俺がここに来る必要があるわけだ。そして次に俺たちである必要性。この期《ご》に及んでフォーロックに救いの手を差し伸べようなんて思う輩《やから》は俺たち、正確にはニナ以外には考えられない。これについても納得できる。いや、正直考えたくないが、まさかスカーレットが言っていたのはこういうことなのか？

「ラグナス？」

ニナは期待と不安が入り混じった様子で俺の顔色を窺う。恐らくニナは俺が却下《きやつか》と言えば、今回は引いてくれるだろう。表情がそう語っているし。常識で考えればフォーロックの撃退が、この状況でスカーレットの助言に従えば援護。どちらだ、どちらが正しい？　撃退か、援護か。

ニナは黙ったまま俺の次の言葉を待っている。最良の選択は……。

「ニナ」

俺は短くニナの名前を呼んだ。ニナはピクッと反応し、短く「はい」と返事をする。常識とか、そんなことよりも俺はスカーレットの示してくれた道に懸けることにした。

「今回はお前の案に乗ってやる」

◇

アスアレフ王国西端の町、ウィッシュサイド。空に満天の星が輝く時間帯。ヨシュア・ジーベントは眠い目をこすりながら、ウィッシュサイドからヨーゲンへと伸びる街道に目を向けていた。下っ端《ぱ》である彼の仕事は、占領中であるこの街へ出入りする人間がいないかどうかの見張り役。それも深夜から朝方にかけてだ。本人は、その割り当てが同僚の画策《かくさく》によるものだということは知らない。

「よう、兵士さん。仕事は捗《はかど》っているかい？」

不意に近づく影。ヨシュアが声のした方に向いた瞬間、後頭部に強い衝撃が走る。脳が揺さぶられ、視界が大きく回り、四肢《しし》が言うことを聞かなくなり、地面へと落ちていく。薄れていく意識の中、彼が見たのは、不敵な笑みを浮かべる黒い髪の男、瞳を揺らしながら申し訳なさそうな表情を浮かべる金髪の女性、そして鼻息荒くピギピギと鳴く一匹の子猪だった。

「あの兵士さん。大丈夫なのでしょうか？」

「さあな。クソ猪の加減次第なんじゃないか？」

ピギピギッ！

「手加減はしてないって言っている気がします」

「気がするって……。でもそれならご愁傷《しゅうしょう》様だな」

暗闇の中、俺とニナは人気《ひとけ》のない町中を走りながら、小声で言葉を飛ばし合う。やはり前情報のとおり、すんなり侵入できた。このままならフォーロックのいる町長の屋敷まで兵士とバッタリなんていうことはなささそうだ。

◇

俺は、フォーロックの援護をすると決めた後、急ぎ単身でウィッシュサイドへと戻った。静聴のスキルが使えるのは今日限りだ。情報を集めるのにこれほど適したスキルはないからな。

俺はウィッシュサイドへ着くと、少し離れた場所から見張りの兵士の心を読み、次の情報を手に入れた。ヨーゲンへの侵攻開始は、明日の昼に決定したこと。決戦に向け、兵士たちの士気を高めるべく酒宴が催《もよお》されること。このため、深夜から明け方までの見張りは各所一人制となること。そして、他の兵士から煙たがられているヨシュアが見張り役の一人に就《つ》かされたこと等々だ。これを俺はニナとスカーレットのもとへ持ち帰り、侵入するなら今晩だと提案する。

二人もそれに同意してくれた。

「でも町の入り口にも見張りはいますよね。どうするのですか」

「スカーレットならどうにかできるんじゃないのか？」

「残念ながら儂はこの使い魔のコウモリを通して会話ができるだけで、力の行使はできんのじゃ」

「使えないロリババアだな」

「なんじゃと！」

「喧嘩してる場合じゃないですよ」

ワタワタとニナが俺とスカーレットの間に割って入る。まあ確かにニナの言う通りだ。俺とニナの素《す》の力では、見張りの兵士を気絶させられるかどうかは分からない。かといって、ニナの魔法をぶっ放そうものならせっかく寝静まっている兵士たちを起こしてしまうことになる。天下無双をここで使うのも勿体《もったい》ない。最悪どこからかハンマー的なものを調達するか、そう思っていた時、ニナの膝《ひざ》に乗っていたクソ猪がピョンと飛び乗り、ピギッと鼻を鳴らした。

「ウリンちゃん？」

すると、クソ猪は何やら白いオーラを纏い始め、いきなり壁に突進していった。

ボゴォッ！

凄い音とともに、壁に窪《くぼ》みができる。

「す、すごいですウリンちゃん！　こんなことができたんですね」

ピギッ。

クソ猪は自慢そうに鼻を鳴らした。おい、ちょっと鼻の頭赤くなってんぞ。

「できたと言うよりかはできるようになったんじゃな。ニナの魔力の影響を受けて成長したんじゃろうて。しかしこの成長の速さ。さすがは聖獣といったところじゃ」

スカーレットはパタパタとニナの肩に止まり、満足そうな声でそう言う。土壁とはいえ、この近距離での体当たりで窪みができるあたり、そこそこの威力なのは間違いなさそうだ。

「んじゃま、立候補があったところでクソ猪にそれを任すとするか」

◇

そういうやり取りがあってクソ猪に任せたけれど、まさか一撃で兵士を沈めるとは思わなかった。とりあえずクソ猪を心の中で褒《ほ》めておこう。

「恐らくフォーロックはここにいるはずだ」

俺たちはなるべく音を立てないよう走り、一つの大きな屋敷に辿り着いた。そこは町長の住居。兵士からフォーロックがここを拠点《きよてん》にしているという情報も得ている。もしかしたらここにも見張りがいるかと思ったが、幸いなことに人っ子一人見当たらない。

「ニナ、『マジックサーチ』と『アンロック』を頼む」

「はい」

俺たちは屋敷の玄関の扉に静かに近づく。ニナは扉に手をかざし、『マジックサーチ』を開始した。マジックサーチとは、対象に何かしらの魔法による仕掛けがないかどうかを探る魔法だ。要人が住まう屋敷には、物理的な鍵と、魔法鍵の二重ロックがされていることが多い。知らずに物理的な鍵を『アンロック』の魔法で開錠してしまうと、魔法鍵がそれを検知して何かしらの防犯魔法が発動するようになっている。例えば、ブザーが鳴り響いたり、警護用のゴーレムが現れたりなどだ。それを防ぐために、『マジックサーチ』で魔法鍵がかけられていないかを探る必要性がある。これで魔法鍵がかかっているとなると少々面倒くさくはなるのだが……。

「どうやら、特に魔法鍵はかけられていないみたいですね」

ニナは少しホッとした様子でそう言った。

「ありがたい話だが、なんともお粗末なことだな。誰も侵入してこないと高を括《くく》っているのか、それともただの馬鹿なのか」

「こういった場合、誘い込まれているというのも考えられると思います」

「ありえなくはないが、この場合に限っては違うだろう。何せ相手は俺たちの手がかりがないのを焦ってヨーゲン侵攻を決定したくらいだからな。俺たちがここへ直接乗り込んでくるなんて思ってもみないだろうよ。それよりも、『アンロック』を頼む」

「分かりました」

ニナは再び扉に手をかざし、今度は『アンロック』の魔法を扉に使用した。すると、扉からガチャリという音が鳴る。少し様子を見てみるが、何か防犯魔法が発動した様子はない。本当に魔法鍵はかかっていなかったということだ。

「行くぞ」

「はい」

俺はニナにそう声をかけ、扉をゆっくりと開いた。

その瞬間、俺の脳裏に数時間前の記憶がよぎる。

◇

時間は遡《さかのぼ》って、クソ猪に見張りの対処を任せることにした後。

「なぁ、クソ猪。少し話があるんだが」

ウィッシュサイドへの侵入の決行時間は兵士たちが寝静まる深夜。少しでも体を休ませておこうという話になった俺たちは仮眠をとることにした。だが、そうすると俺の今持っている静聴のスキルは、レベルリセットにより失われてしまうことになる。その前にどうしてもクソ猪に聞いておきたいことがあった。

ピギピギッ？

（なんだよ？　僕は眠いんだけど？）

「まあそう言うな。外の風にでも当たりながら話でもしようぜ」

俺はそう言いながら、クソ猪の首根っこを摑んでヒョイと持ち上げた。

ピギーピギー！

（何するんだ！　はーなーせー！）

「どこ行くんです？」

ニナがベッドの方から俺に尋ねる。

「ん？　静聴スキルが使える今のうちに、こいつと二人きりで親交でも深めようと思ってな」

「まぁ！　それはいいことですね。行ってらっしゃい」

ニナは笑顔で俺たちを送り出してくれた。単純に今からする話をニナに聞かれたくなかっただけなんだけどな。少し罪悪感に包まれながら俺はクソ猪とともに部屋を後にした。大木の根元、大きな動物の巣のような穴の横に俺とクソ猪は腰を掛ける。

ピギピギ。

（それで、話ってなんだよ）

クソ猪が面倒くさそうに鼻を鳴らした。俺は奴の目を見て、真剣な表情で尋ねた。

「なあ、お前何であいつに付いていこうと思ったんだ？」

ピギ？

（どういう意味？）

クソ猪は聞かれたことの主旨《しゅし》が分からないといった表情で鼻を鳴らす。

「そのまんまの意味だ。俺たちはお前の親を殺した、言わば仇《かたき》みたいなもんだろ。どうして俺たちと行動をともにする？」

ピギピギ。ピギピギギ。

（俺たちって……、お父さんとお母さんを殺したのはお前だろ。ご主人様じゃないよ）

「話を逸《そ》らすな。俺はニナに従っていたんだ。最終的に手を下したのは俺としても、殺したのは俺たちということになる。それが分からないほどお前は馬鹿じゃないだろう？」

………。

クソ猪は何も答えない。これは恐らく分かっているととって問題はないな。

「もう一度聞く。俺たちと行動をともにする理由はなんだ？」

俺の問いに、クソ猪は少し考える素振りを見せたのち、静かに鼻を鳴らした。

ピギィ。

（お父さんと、お母さんの仇を討ったためだよ）

「仇を討つ？　俺に復讐するつもりということか？」

ピギィ！

（違うよっ！）

クソ猪は興奮した様子でこちらを見た。

ピギギ、ピギギィ。ピギィピギィ！

（確かにお前は僕のお父さんとお母さんを殺した。それは憎い。でも、お父さんとお母さんが村を襲うようになったのは、誰かに操られてたからなんだよ！）

「操られてた？　どういうことだ？」

俺は突然の告白に頭が真っ白になる。

ピギーピギー。ピギギー。

（考えてもみてよ。そりゃ村の人間に僕が間違って襲われたのは、確かに頭にくることだろうけど、普通だったら執念深く何度も村の人たちを襲ったりなんかしないよ）

「そういうもんなのか？」

俺には聖獣の常識や気持ちは分からないが、自分の子どもが殺されかけたりしたらそりゃ怒るのも当然ではないのだろうか？

ピギーピギー。ピギーピギー。

（あの日を境に、お父さんもお母さんも何かに取り憑《つ》かれたように村を襲うようになっちゃったんだ。僕が何度止めても全然聞いてくれなくて……）

それで操られていた……か。俺はこいつの立場で物を見ていない以上、確証は持てないけれど、それが本当なら何やらきな臭《くさ》いな。

ピギーピギー。ピギギー。

（だから、いつかは強い人間がやってきて、やられてしまうんじゃないかと思ってたんだ。それがご主人様とお前だった）

「行動をともにする理由は分かった。だが、なぜニナを主人と仰《あお》ぐ？」

一緒にいるだけなら主従関係である必要はないはずだ。

ピギギー。

（実は僕もよく分からないんだ）

「は？」

ピギー。ピギー。ピギー。

（抱きしめてもらって、とても温かかった。すごく安心したんだ。この人なら、全てを預けてもいいと思えた）

「だから心を許したのか？」

ピギー。

（僕には他に頼るものはなかったから）

洗脳みたいなもんだな。言葉は悪いが、それが一番的確かもしれないと思った。クソ猪に悪いから口には出せないけれど。

ピギー。

「何だ？」

ピギギ、ピギー。

「お前何言ってるんだ？」

俺は、はっとして自分のステータスパネルを開く。

＊＊＊＊＊＊＊＊＊＊＊＊＊＊＊＊＊＊＊＊＊＊＊＊＊＊＊＊＊＊

ラグナス・ツヴァイト
Lv：1
筋力：G
体力：G
知力：GG
魔力：G
速力：GG

運勢：GG
SP：42
スキル：【レベルリセット】【ランダムスキル】【天下無双】
＊＊＊＊＊＊＊＊＊＊＊＊＊＊＊＊＊＊＊＊＊＊＊＊＊＊＊

思わず舌打ちする。もっと早くこいつから話を聞いておくべきだった。ランダムスキルを使ったところで静聴が出るとは限らないし、今日はここまでか。

「時間切れだ」

俺はそう言って、クソ猪の首根っこを摑む。何やらピギーピギーと興奮した様子で鼻を鳴らしていたけれど、もはや何を言っているのか分からないので、俺は無視して部屋へと歩を進めた。

◇

「ラグナス？　どうかしましたか？」

「いや、何でもない」

扉を開き俺は中に入る。今になってなぜクソ猪とのやり取りが思い起こされたのか。今は関係のないことだと首を振り、雑念を追い払う。

「どこにいるんでしょうか」

「二階の一番端の部屋だ」

フォーロックの部屋も全て調査済みだ。俺はニナを連れ、罠《わな》などがないか慎重に確認しながら二階へとゆっくりと歩いていく。杞憂《きゆう》だったのかそういった類《たぐい》のものはまったくなく、フォーロックがいると思われる部屋の前に辿り着いた。

「ニナ、頼む」

「はい」

ニナは玄関同様、『マジックサーチ』をする。やはりと言うべきか、こちらにも魔法鍵はかかっておらず、『アンロック』で簡単に開錠できた。俺は音を立てないよう注意しながらゆっくりとドアを開ける。中の寝室は少し広めで、大きなベッドに一人の男が横たわっていた。近くに寄ってみるが、その赤毛の男はスヤスヤと寝息をたてたまま起きる気配を見せない。

「赤毛……。こいつリーゼベト王室の血族か？」

リーゼベト王族の血を引く者は、全員が赤毛であるという話を、ツヴァイトの家にいた時に聞いたことがある。こいつの髪の色、そして七星隊の隊長という地位を考えるとそうなのかもしれない。何故アレクライトと名乗っているのかは知らないけれども。

「誰だっ！」

その刹那《せつな》、フォーロックの目がかっと見開かれた。彼は上半身を一瞬で起こし、ベッドの上にジャンプするように立ち上がると、腰の短剣を構える。俺も咄嗟《とっさ》にアイテムボックスからロングソードを取り出し、鞘《さや》を抜いて構えた。本当なら身動きが取れないようにした上で起こすつもりだったけれど、仕方がないな。

「貴様、何者だっ⁉」

フォーロックは殺気を纏わせ俺たちを牽制《けんせい》する。その瞬間、俺は天下無双を発動させ、音速でフォーロックの腹部に剣の柄《つか》を叩き込んだ。

「ぐふっ」

フォーロックの意識が飛んだのか、ダランと力なく俺の方へ倒れてくる。

「アースバインド！」

ニナがそう唱えると、地面からツタのようなものが生え、フォーロックを拘束するように巻き付いた。俺は拘束が完了したのを確認すると、ロングソードで地面とツタを切り離していく。

「はっ！」

作業が終了した直後、フォーロックが意識を取り戻したけれど、既《すで》に遅い。フォーロックはツタを何とか力ずくで引きちぎろうとしているけれど、マジックブーストで強化したアースバインドのツタがそう簡単に切れようはずもない。

「何が目的だ」

フォーロックが忌《い》ま忌ましそうな目で俺たちを睨む。

「話は後でする。俺たちはお前を誘拐しに来ただけだ」

俺はそれだけ告げると、かなり手加減して首元に手刀を落とした。

「よし。それじゃあ撤収するぞ」

俺は気絶したフォーロックを担《かつ》ぎ、ニナにそう声をかける。

「分かりました」

ニナも俺の声に小声で返事をし、軽く頷いた。俺とニナは足音を立てないよう気を付けながらゆっくりと部屋を出て、廊下を通り、階段を下りる。そして玄関を抜け、こちらも音を立てないよう扉を開けた。

「上手くいきましたね」

背後からニナがそう声をかけてくる。

「ああ、そうだな」

兵士たちに気付かれて乱戦になることもある程度は覚悟していただけに、拍子《ひょうし》抜《ぬ》けもいいところだ。ここの兵士たちの危機管理能力といったものは皆無なのだろうか？　宴会して爆睡して、挙句に大将を捕らえられたなんてシャレにならないと思うんだけれど。

上手くいきすぎてる？　不意にそんな懸念《けねん》が頭をよぎる。大将自体が手中にある今、それは考えすぎだと思うが、いかんせんここまでが順調すぎる気がしてならない。

「ラグナス危ないっ！」

不意にニナが叫ぶ。刹那、俺は目の前から飛んできた矢に左肩を貫《つらぬ》かれた。

「ぐっ……」

鋭い痛みが身体に走り、思わず膝《ひざ》をついてしまう。俺はなんとか肩に刺さった矢を力任せに抜くが、痛みとともに、少量の血が噴き出る。冷静に前を見やると、数人の兵士が弓を構えて、こちらを狙っていた。いつの間に現れた!?

「ちっ、外したか」

居並ぶ兵士たちの背後から、一人の男が機嫌の悪そうな声でそう呟きながら姿を現した。色黒い肌に、スキンヘッドのガタイのいい男。その男の姿に俺は見覚えがある。

「お前は……クリフ！」

「よう、あんちゃん。覚えていてくれて光栄だ」

その男はかつてこの町で俺にニナの情報を売った男。情報屋のクリフだった。

「ラグナス？　知り合いなのですか？」

ニナは俺の肩に回復魔法をかけながら尋ねる。

「お前がエキュートの森にいるという情報を俺に売った奴ってだけだ」

ニナにそれだけ告げると、俺は再びクリフへ目線を戻した。

「さっきのセリフ。まるでフォーロックを狙ってましたと言わんばかりだったな」

俺が担いでいたフォーロック。それと矢が貫いた俺の肩の位置の差はわずか。そしてクリフの「外したか」という一言。もはや疑いようがないだろう。

「だとしたらどうだと?」

しかしクリフは否定するどころか、不敵な笑みを浮かべ、妖《あや》しげな瞳で俺を見た。思わず背筋に悪寒《おかん》が走る。

「ニナ、フォーロックの拘束を解け」

俺は小声でニナに指示をした。ニナはコクリと頷き、フォーロックを拘束していたツタを消滅させる。俺とニナだけでは太刀打《たちう》ちできない。そう直感した俺は、フォーロックをこちらの戦力に加えるべく拘束を解かせる。あとはなんとか意識を取り戻してくれたらいいのだが。

「じゃあ俺とこいつは関係ないってわけだ。フォーロックを差し出せば見逃してくれるのか?」

俺はそう尋ね、フォーロックを地面へと置く。

「そんなわけがないことは分かっているだろう?」

「まあそうだろうな」

想定通りの答えを聞き、俺はアイテムボックスにしまっていたロングソードを取り出した。

「ニナ、回復魔法の準備を頼む」

次いでニナに魔法の準備をさせ、鞘から抜いたロングソードをフォーロックの左手に突き立てた。

「っ！」

ニナはびっくりしたようにこちらを見る。いつまで経っても目を覚まさないんだからこうする他ないだろう。すると、フォーロックは苦悶《くもん》の表情を浮かべ、目を開けた。

「ぐっ」

フォーロックは恐らく激痛が走っているだろう左手を右手で庇《かば》いながらこちらを睨んだ。

「ニナ、早く」

俺はニナに向けて回復魔法を催促する。

「なるほど。三人で俺と戦うつもりか。だがっ！」

クリフが合図をすると、並んだ兵士たちが一斉にこちらへ矢を放ち始める。これを全て避けきるのは今の俺のレベルでは不可能だ。仮に避けたとしても背後にいるフォーロックやニナに当たってしまう可能性が高い。ならばと俺は立ち上がり、身を盾《たて》にして二人の前で両手両足を広げた。

「ラグナスっ！」

ニナの焦りの声が背後から聞こえる。刹那の後、兵から放たれた矢が俺の四肢《しし》に突き刺さっていく。先ほどとは比べ物にならない激痛が俺の身体を駆け巡った。だが、これで全てを防ぎきれたはずだ。

「馬鹿が。策がないからと自《みずか》らが犠牲になるとはな」

致命的な矢傷を負い、俺は膝から崩れながら笑った。

「あまり俺を見くびるなよ」

低レベルの俺が致命傷を受けたらどうなるか。俺の身体に突き刺さっていた矢は、ひとりでにポロポロと地面に落ちていく。流れ出ていた血はいつの間にか止まり、傷口も塞《ふさ》がっていた。痛みもなくなっている。

「どうなっている？　確かにお前は矢で針ネズミにされたはずだ。何故再び立ち上がれる!?」

クリフは焦りの表情で若干上ずった声をあげた。思い知ったか、これが早熟と超回復のコンボだ。

「状況を説明してくれ。一体何がどうなっているんだ？」

すると、傷が癒《い》えたのかフォーロックが立ち上がり俺の横に並んだ。

「よう、フォーロック。やっとご登場か？」

「あなたは……、リュオンさん？　どうしてここに？」

リュオン……とはクリフのことだろうか。この二人は知り合いなのか？

「なあに。俺も、とあるお方からの任務でな」

「任務？」

「フォーロック・アレクライトの始末。そしてお前が失敗することとなる王女の生け捕り。これが俺の与えられた……いや、自ら志願した任務だ」

クリフは再び大きな笑い声をあげる。

「なん……だと……」

「最初から消されるための任務なんて哀《あわ》れすぎるだろう。せめてもの餞《はなむけ》に、同じ七星隊長である俺が引導を渡してやろうと思ってな」

「なぜだっ！　なぜ私が排除されなければならない！」

フォーロックは納得いかないといった声で、クリフに捲《まく》し立てる。

「お前が妾腹《めかけばら》だからだよ」

が、クリフはやれやれと首を振ってため息をつき、そう吐き捨てた。

「そんなお前が、蔑《さげす》まれてなお非凡な才で七星隊長までのし上がってきた。それを良く思わない人間は山ほどいる。それだけの話だ」

「そんなことでっ、そんな理由で納得などできるかっ！」

「お前が納得するしないの話ではない。さて、もういいだろう。いい加減楽になれ」

再びクリフが合図をする。すると弓を構えた兵士たちが一斉にフォーロックを狙って矢を放った。

「くそっ！」

フォーロックは自身のアイテムボックスから大きな剣を取り出し、飛んでくる矢を全て切り落としていく。

「この程度で私が倒せるとでも思ったか！」

「思わないな」

「っ！」

全ての矢を捌《さば》いた直後、クリフが物凄いスピードで距離を詰めてくる。そして手に持った短剣でフォーロックの首元を狙った。

キンッ！　甲高《かんだか》い金属音が鳴り響く。俺のロングソードがその短剣の切っ先を止めた音だ。

「サンダースピア！」

そしてクリフの腹を狙い、ニナのサンダースピアが飛んでいく。が、クリフはそれを身体を捻《ひね》ることで躱《かわ》し、バックステップで大きく距離を取った。さすがは七星隊長と言ったところか。

この場で天下無双が発動できないのが悔やまれる。

「今のは肝《きも》が冷えた。雑魚《ざこ》だと侮《あなど》っていたがそこそこやるようだな」

「お褒めの言葉どうも」

俺とニナはフォーロックの横に並ぶ形で臨戦態勢を取った。

「なあフォーロック。いろいろ思うところはあると思うが事情は後で話す。とりあえず今は共闘といこうぜ」

俺はクリフから目を離さずにフォーロックに言葉を投げる。

「敵ではない……と思っていいのだな？」

フォーロックはまだ迷いがあるのか、少し不安そうな声で俺に返してきた。

「ああ。俺とニナはお前を助けに来たんだからな」

嘘偽りない言葉だ。まさかこういう事態に陥るなんて想像だにしていなかったけれど。

「私たちを信じてください！」

ニナもまた俺の言葉に被《かぶ》せるように、フォーロックへ力強く断言する。

「貴殿らが腹に何を抱えているのかは知らないが、今はありがたい申し出だ。すまないが力を貸してくれ」

そう言うと、フォーロックは大剣を構えなおした。俺とニナはコクリと頷くことで承諾《しょうだく》の意を伝える。

「一対三か。この『パペットマスター』相手にはちょうどいいハンデだ」

そして三度《みたび》クリフは大きな笑い声をあげた。

「さぁ、楽しませてくれよ『剣聖』。すぐ死なれてはつまらないからなぁっ！」

「纏うは閃光《せんこう》。ソードエンチャント『黄金《オーラム》』」

フォーロックは誰に対しでもなく、そう呟く。すると、彼が構えた大剣が金色に輝き始めた。

「スキル『ソードエンチャント』か。久しぶりに見せてもらうな」

クリフは短剣を構えなおし、楽しそうに笑う。

「あなたのスキル『マリオネット』は厄介《やっかい》すぎる。最初から全力でいかせてもらう！」

フォーロックはそう言うと、地面を思い切り蹴った。瞬間、周囲に一陣の風が吹く。まるで瞬間移動でもしたのかのように、フォーロックはクリフへ迫った。しかしクリフは口角を吊り上げる。フォーロックが黄金の剣を光のような速度で振り下ろそうとした瞬間、二人の間に兵士の一人が割り込んきた。今更引けない斬撃は、その勢いのまま兵士を切り伏せる。フォーロックの眼前には鮮血が飛び上がった。それが一種の煙幕となり、フォーロックの視界を一時的に遮《さえぎ》る。クリフは口角を吊り上げたまま、自分を守った兵士を邪魔だとばかりに左手で横へ払うと、視界を失ったフォーロックへ短剣を突き出した。フォーロックはなんとかそれを避けようと身を捻るが、僅かに避けきれず、右の脇腹にその一撃を貰ってしまった。

「ぐっ……」

まるで電撃を浴びたかのような痛みが身体を走る。フォーロックはバックステップで距離を取って体勢を整えようとするが、クリフは追撃とばかりに距離を詰めてきた。

「『サンダースピア』」

それを見ていたニナが咄嗟に援護で下級魔法の雷槍《らいそう》を飛ばした。

「ちっ！」

クリフは上げていた口角を少し下げ、苛立《いらだ》ちを隠しきれない様子で後ろへ飛ぶことで回避する。

「くらえっ！」

後退した先、フォーロックとクリフの攻防のやり取りの合間を縫って背後に回っていた俺は、構えたロングソードで袈裟《けさ》斬りを放つ。が、それもまた反転したクリフの短剣に受け止められ、すぐさまもう片方の手で殴り飛ばされた。レベルの低い俺は勢いのあまり数メートル後ろまで吹っ飛ばされる。殴られたのは鳩尾《みぞおち》辺り、この痛み、少しヤバい。肋骨《ろっこつ》が何本か折れているかもしれないな。と思っていたらすぐさま痛みが引いていく。いやホント超回復と早熟さまさまだ。

「即席のチームにしてはなかなかやるじゃないか」

クリフは冷や汗を拭《ぬぐ》いながら俺たちに言葉を飛ばす。しかしその隙《すき》をついて、フォーロックが背後からクリフに迫り、お返しとばかりに右脇腹へ蹴りを叩き込む。クリフは対応できず、そのまま俺と反対方向へ吹っ飛んでいった。俺は、何とか立ち上がると、ケガで足元がふらつくフォーロックへ駆け寄る。

「大丈夫か？」

「ああ、何とかな」

「『ヒーリングエイド』」

俺に追走するように駆け寄ってきたニナが、フォーロックへ回復魔法を使用する。貫かれた脇腹の傷口はみるみるうちに塞がっていき、出血も止まった。

「あれ、お前の部下だろ？　何であいつの下についてるんだよ」

先ほどフォーロックが切り捨てた兵士を見て、俺はフォーロックに尋ねた。地面に血だまりを作り、その中央に力なく横たわっているそいつには見覚えがある。昨日ヨシュアとともに見張りをしていた兵士だ。フォーロックのやり方に不満を持っていそうではあったが、本当にフォーロックを見限ったということなのだろうか？

「本意ではないんだよ。すべてはリュオンのスキル『マリオネット』の能力によるものだ」

「『マリオネット』？」

確かさっきも言ってたな。その能力が厄介だとかどうとか。

「彼は頭部に直接触れることで意思を支配することができる。思考能力を奪われた者は、まるで操り人形のように彼の意のままに動かされる」

「そうだ。故《ゆえ》に俺に付いた二つ名は『パペットマスター』」

少しよろめきながらこちらにやってくるクリフは、右脇腹に手を当てながらそう言った。さっきのでノビてくれるほど柔《やわ》な相手ではなかったか。

「なあ、あんちゃん。聖獣ってのはな、よほどじゃない限り絶対に人間と敵対なんかしたりしないんだよ」

「は？　お前は何を言っているんだ？」

「それとな、大国のギルドはそう簡単に推奨ランクを変更したりはしない」

「だから……何を言って」

そこで俺は言葉を止める。不意にウリンとの会話が再び蘇《よみがえ》ってきた。

ピギーピギー。ピギーピギー。

(あの日を境に、お父さんもお母さんも何かに取り憑かれたように村を襲うようになっちゃったんだ。僕が何度止めても全然聞いてくれなくて……)

「お前か……」

「ラグナス?」

「お前が差し向けたのかああぁぁっ!」

頭に血が上る。怒りのせいか、まるで身体が烈火に包まれているかのように熱くなり、四肢を巡る血液が沸騰してしまいそうだった。

「ダメだっ、冷静になれ!」

横でフォーロックがなにかごちゃごちゃ言っているが、今の俺の耳には何も届かない。思い返せば、確かに不可解な点は多かった。クソ猪の言った通り、あいつの親の執拗《しつよう》なまでのアルニ村への来襲。一度村人を懲《こ》らしめる程度ならば、村長はクエストを出してはいなかったはずだ。本来ならば推奨Aランクだったものが、Cランクと下方修正されていたこと。推奨Aランクならいくらニナが駄々をこねていたとしても俺は全力で止めていた。俺自身もCランクなんとかなるだろうと、ある意味舐《な》めてかかっていた感は否《いな》めない。だが奴の能力で、あの二

頭が操られていたのだとしたら？　ギルドの査定人が操られていたのだとしたら？　最初にニナの情報を伝えてきた時点で既に奴の手のひらの上だったとしたら？　なぜ奴がそう動いたのか理由は分からない。だが、無意味に罪もない命を刈り取らされた。それだけで俺の怒りは頂点に達した。気付けば俺の足は地を蹴っていた。ただただ奴をぶちのめす。それだけをもって体は前へと進む

「あんちゃん。一つ教えておいてやるぜ」

俺がロングソードで再び袈裟斬りを放とうとしたところで、奴の姿が消えた。刹那、腹部に鈍《にぶ》く、重い痛みを感じる。

「勝負事において我を忘れるのは最大のタブーだ」

目の前にどんどんと地面が迫ってくる。頭上から奴の勝ち誇った声が聞こえてくるが、体は言うことを聞かない。

ちくしょう……。そのまま、固い地面に倒れ込み、俺は意識を手放した。

◇

なにやらゆさゆさとした揺れを感じて目が覚める。

「ここは……」

俺は確かクリフに殴られ、意識を失ったはず……。

「気が付いたか」

「フォーロック？」

俺は馬に乗りながらこちらの様子を窺うフォーロックと目が合う。今気づいたが、俺も馬に乗せられていた。

「気が付いたんですね。良かったです」

フォーロックの反対方向からニナの声が聞こえてきた。そちらの方へ首を向けると、彼女も心配そうな表情で俺を見ている。

「クリフは……どうなったんだ？」

まだ朧《おぼろ》げな意識の中、俺はフォーロックに尋ねた。

「クリフとはリュオンのことで良いのだろうな。貴殿が乗っているその馬、その子が助けてくれた」

「こいつが？」

俺は自分の馬を再度見やる。そいつはヒヒンと機嫌良さげに鳴き声をあげた。

「貴殿が意識を失った直後の出来事だった。その子が他二頭の馬を引き連れ、リュオンを跳ね飛ばしたんだ。急な出来事でリュオンも対応できなかったのだろう。その隙をついて私たちはあの場を脱した。二人がかりでも勝てる見込みはあまりなかったからね」

「お前も七星隊長の一人だろう？　二人がかりでも勝てる見込みがないとはえらく弱気だな」

「彼と私では経験に差があり過ぎる。三対一ならかろうじて勝機はあったかもしれないが、貴殿を失った状態では勝つのは困難だと判断した」

確かにクリフ……もといリュオンはフォーロックよりも遥かに年上に見えた。同じ七星隊長でも格は向こうの方が上ということか。それでも三人がかりだぞ？　隙をついて逃げるのが精いっぱいだなんて……。ランダムスキルで修得したスキルが戦闘に有利に働くものだったなら……。俺は悔しさで唇を噛んだ。

「にしたところで私は驚いたぞ。今まで人っ子一人乗せなかったその悍馬《かんば》が、まさか自ら君を乗せるとはね」

フォーロックは物珍しげな様子で俺と、俺を乗せて走る馬を見る。

「ツヴァイト侯から安く譲り受けた時はとんだものを掴まされたと後悔したが、いやはや、まさかこんな活躍をするとは思っていなかった」

「今なんて言った？」

俺は聞き捨てならない一言に、もう一度フォーロックへ尋ねる。

「まさかこんな活躍をするとは思っていなかった……と」

「その前だよ。ツヴァイトから安く譲り受けたと言わなかったか？」

「あ、ああ」

血相を変えた俺の問いに少したじろぎながらフォーロックは答える。

「一年ほど前になるか。七星隊長就任祝いに、ツヴァイト候が良い馬を安く提供しようと申し出てくださってな。ボルガノフ・ツヴァイトといえば過去の戦役《せんえき》で数々の武功をあげたお方。その方直々《じきじき》の申し出だからと喜んでお受けさせてもらったのだ」

「なるほど。合点《がてん》がいった」

俺はその馬の頭部をゆっくりと撫でた。馬は気持ち良さそうにヒヒンと鳴き声をあげる。

「久しぶりだな、ルーシィ」

もはや俺は疑わなかった。この毛並み、見覚えがある。こいつはツヴァイト家で奴隷同様の扱いを受けていた俺の傍《そば》に寄り添ってくれていた、あのルーシィだ。その証拠に、俺がルーシィと呼ぶと、彼女は嬉しそうに大きく嘶《いなな》いた。

「迎えに行くと言っておきながらすまないことをしたな。でもまた会えて嬉しい」

「貴殿はその馬のことを知っているのか？」

「まあいろいろあってな」

俺は再度ルーシィの頭を撫でた。彼女も再度ヒヒンと気持ち良く鳴き声をあげる。

「んで、今はどこへ向かっているんだ？」

「今はエキュートの森に向かっています」

俺はフォーロックに尋ねたのだが、奴に代わってニナが答えた。

「あの隠れ家みたいなところへ帰るつもりか？」

　俺はニナの方へ頭を向ける。

「はい。一旦は一番近くで休める場所にと」

「……。いや、あそこはやめたほうがいい。少し遠いかもしれないが、ヨーゲンまでこのまま突っ走ろう」

「なぜです？」

「俺がニナに出会えたのは、俺がリュオンからニナがエキュートの森に逃げ込んだという情報を買ったからだ。考えすぎかもしれないが、隠れ家の場所もバレていると思った方がいいかもしれない」

「そんな……」

　ニナはさっと顔に影を落とす。

「ヨーゲンまで辿り着ければ、あいつも簡単には手出しできないだろう」

　ヨーゲンはウィッシュサイドよりも人口が多い。屈強な冒険者もたくさんいるため、リュオンも事を大きくするようなことはしにくいはずだ。

「フォーロックさんはどうしますか？　アスアレフとは敵対する立場でしたけれど……」

「今は敵対の意志はないとギルドマスターにでも伝えれば上手く話をつけてくれるだろ。最悪リュオンに操られていたとでも言っておけばいいしな」

「わ、私はリーゼベトの誇り高き七星隊長だぞ！　敵側に寝返るような、そんな裏切り行為ができるわけがないだろう！」

「お前、いろいろと面倒くさいな」

俺はフォーロックの方へ顔を向けなおした。

「先に裏切られたのはお前の方だろうが。リュオンが言っていたことを考えるに、今更リーゼベトに戻ったところでもうお前の居場所なんてないと思った方がいいぞ。敵が多いらしいからな、お前。内々に亡き者にされて闇に葬られるのがオチだ。何せ同じ七星隊長様が命を取りに来たくらいだからな」

「ぐっ……。確かに……貴殿の言う通りだ」

俺の歯に衣《きぬ》着せぬ言葉に、フォーロックは意気消沈《いきしょうちん》してしまった。ショックかもしれないが、これぐらいズバッと言われたほうがスッパリ諦《あきら》めもつくだろう。

「よし。じゃあ目的地はヨーゲンということで」

「分かりました」

「……承知した」

俺の言葉に二人が首を縦に振る。

俺はそれを確認すると、ルーシィの進む方向をヨーゲンに向けたのだった。

◇

「ここに戻ると踏んだのだがな」

エキュートの森。大樹の根元にある大穴の入り口に、一人の男が立っていた。男は、スキンヘッドを掻きながら当てが外れたことに対して少しの苛立ちを覚える。

「まあいい。奴らが逃げる先などたかが知れている」

男は諦めたように大樹に背を向けた。瞬間、大穴は大爆発を起こし、中から灼熱の炎が噴き出す。轟轟《ごうごう》と燃え盛る炎は、根から幹、幹から枝、枝から葉へとその領域を伸ばし、次第に大樹を飲み込んだ。

「不覚をとったが、易々《やすやす》とこの俺から逃げ切れると思うなよ」

男は誰に言うでもなく、ポツリとそう呟き、エキュートの森を後にする。燃え盛る大樹は夜空を赤色に染めると同時に、その歩き去る男の背中を照らしていた。

「それで、あたしのところへ来たってわけね」

ギルドマスターは悩ましげに頭を掻きながら、フォーロックを見た。フォーロックは毅然《きぜん》とした態度でギルドマスターを睨《にら》み付ける。いや、そこはもっと神妙そうにするとかしてくれよ……。

あの後、俺たちは無事ヨーゲンに辿《たど》り着き、すぐさまギルドマスターへの面会を願い出た。受付係には少し渋られたけれど、俺たちの名前を伝えてくれと頼むとすぐに許可が下りた。応接室に通された俺たちは、ギルドマスターに今までの経緯《いきさつ》を説明、すると彼は頭を抱《かか》え込んでしまったという流れだ。

「話はアスアレフ王に伝えておくけど、ウィッシュサイドはどうするつもり？　今でもこの子の部下がいるんじゃないの？」

「まあその辺は上手《うま》いことやってくれ。あんたならできるだろ？　ギルドマスターだし」

「すごい丸投げね」

ギルドマスターはやれやれとため息をつく。

「……まぁいいわ。この間のこともあるし、これで貸し借りなしよ」

「助かる」

「ところで、これからどうするつもりなの？」

「一旦スカーレットの屋敷まで戻ろうと思う」

俺はそう言いながら、ニナのリボンと化しているコウモリを指差す。ヨーゲンへ戻る道中、これからのことをどうするか話し合っていたところ、スカーレットが一度自分の屋敷へ帰ってこいと言ってきたのだ。

「あんな辺鄙《へんぴ》な場所なら追っ手も来ないだろうしな」

「辺鄙な場所で悪かったのう！」

俺がそう付け加えると、ニナの後頭部から言葉が飛んでくる。急に大きな声を出すもんだから、ニナが驚いてピョンとお尻を浮かせていた。

「で？　出立《しゅったつ》はいつにするの？」

「明日には発《た》とうと思う」

ヨーゲンはギルドマスターの目が行き届いている。ひとまずここで明日まで身を隠せれば、俺の天下無双スキルが再び発動できるようになり、あいつがまた襲ってきても大丈夫だと踏んでいる。襲ってこなければこなかったで、そのままスカーレットの屋敷までの道のりを進み、道中の戦闘を二人に任せておけば、いつ襲われても対処できるという寸法だ。

「そう。じゃあ宿はこちらで手配しておくわ。今はゆっくりと体を休めなさい」

「えらくサービスがいいな」

まさかギルドマスターから寝床の提供まであると思わなかったから、少し面喰らってしまった。

「ニナちゃんのためってのが大きいけど、君に恩を売っておくのも悪くないと思ってね」

そう言いながらギルドマスターは、バチコンという音がしそうな勢いのウインクを俺に飛ばしてきた。

……。

「どうしたんです？　すごく具合が悪そうですよ？」

◇

ギルドマスターとの話もほどほどに、俺たちは貰《もら》った地図に書かれた宿へ到着した。

「えっと……」

俺は扉の上に掲《かか》げられた看板を見やる。煌《きら》びやかな装飾で『可憐《かれん》な妖精亭』とそこには書かれていた。気のせいか、瞬間俺の背中に悪寒《おかん》が走る。

「どうしたんです？　顔が青白いですけど？」

ニナが心配そうに俺の顔を覗《のぞ》き込んでくる。俺はブンブンと頭を振り、「なんでもない」と彼女に告げ、扉に手をかけた。木でできたそれは、ギギッという怪《あや》しげな音を立てて開く。

「あら～。いらっしゃい。チュチュちゃんから話は聞いてるわよ」

髭《ひげ》ゴリラ。

「いやーん。若い男二人来店よー」

髭ゴリラ×8。

「間違えました」

バタン。

俺は、コンマ数秒の判断で扉を思い切り閉めた。横を見ると、フォーロックの顔も青白く変色している。分かる、お前の気持ちすごく分かる。

「ラグナス？　入らないんですか？」

ニナはそんな俺たちを見て、頭に「？」マークを浮かべながら尋《たず》ねてくる。あの光景を見て中に入るという選択肢があるということが俺には不思議だ。いやいやと俺は首を振る。ニナを責めてはいけない。彼女は現世の闇を知らずに生きてきた純粋な子だ。ここは俺が彼女に教えてあげるべきなんだろう。

「ニナ。いいかよく聞け」

「？」

「ここはな。モンスターハウスだ」

「いやーね。誰がモンスターよ」

俺の横にはいつの間にか扉を開けて立つ髭ゴリラA。そいつは、俺の右腕をガシッと摑《つか》むとズルズルと店内に引きずり込んでいく。

「はーい。お客様三名ご来店！」

「「「「「いらっしゃいませー」」」」」

店内に木霊《こだま》する髭ゴリラたちの野太い声。食われる。咄嗟《とっさ》にその言葉が頭をよぎった。俺は何とかモンスターの魔の手から逃れようとするも、怪力とでも言うべき力強さで摑まれていて脱することができない。くっ、「天下無双」が使えないのがここでも災いするとは……。

フォーロックに助けを求めようとするが、髭ゴリラB、C、D、Eに四肢《しし》を捉《とら》えられ、神輿《みこし》のように担《かつ》がれたまま、泡を吹いて意識を失っていた。安心しろフォーロック。骨は拾ってやる。

こうなればニナか？　とそちらへ目を向けると、彼女は彼女で髭ゴリラF、Gと楽しそうに談笑しながら俺の後ろを付いてくる。クソ猪《いのしし》しかり、やはりニナにはモンスターを手懐《てなず》ける能力があるのか。そのまま俺の腕を摑む髭ゴリラAも手懐けてほしいが、ニナは会話に夢中で俺の危機に気付いていない。こうなればやはり自分で何とかするしかない。俺はありったけの力を自らの両足に込めて、何とか抵抗を試みる。靴の裏に摩擦熱《まさつねつ》を感じながら何とか止まることができた。よし、このまま攻勢に転じて……。

「いけない子ね」

ガシッ。

瞬間、俺の背中越しに何者かが羽交い絞めにしてくる。しまった、髭ゴリラHを忘れていた。俺はそのまま髭ゴリラHに持ち上げられ、ゆっくりとした足取りで二階へと運ばれていく。そしてそのまま髭ゴリラたちは一つの部屋へ俺たちを連行していった。ラグナス・ツヴァイト。不運な星の下《もと》に生まれてきたとはいえこんな最期《さいご》はあまりではないだろうか。髭ゴリラたちに蹂躙《じゅうりん》されながら終える生涯など、恨んでも恨みきれない。ああ、神よ。

「着いたわ」

髭ゴリラHはそう言うと、俺をある部屋の中で降ろした。気付けばフォーロックは泡を吹いたまま、ベッドに寝かされている。

「フォーロック。遅かったか」

「何だかすごく失礼な勘違いをしているようだけれど、ここがあなたたちの今日のお部屋よ。じゃあごゆっくりね」

髭ゴリラHはそう言うと、ウフッと気味の悪い笑みを浮かべて部屋を後にした。生き……てる？

「俺は、生きている！」

「あっ、ラグナス。部屋は隣り合ってるみたいですね」

ニナの声がした。俺は声のする方を見ると、部屋の外からニナが手を振っている。そうか。お前が……、お前が手懐けてくれたんだな。俺はニナの方へ駆け寄り、ガバッと彼女を抱きしめた。女の子独特の甘い香りが、鼻孔《びこう》をくすぐる。

「えっ、えっ⁉」

ニナは素《す》っ頓狂《とんきょう》な声をあげる。考えなしのバカだとばかり思っていたが、やる時はやるご主人様だったんだな。

「ちょっ、ラグナス！　放してください」

ニナはもぞもぞと俺の腕の中で動いている。嫌がっているのか？　いいじゃないか、感謝の印だ。黙って受け取ってくれよ。

「放してって、言ってるでしょ！」

「あばばばばばばばばば！」

体に過去に感じた懐かしい痛みが走る。あれ？　俺は今何をしていたんだ？　体から力が抜け落ち、俺はゆっくりと後ろに倒れた。その最中《さなか》、微《かす》かに残った意識でニナを見る。彼女は両手で自分の肩を抱きながら、真っ赤な顔でこちらを睨んでいた。

※※※※※※※※※※※※※※※※※※※※※※※※※

ステータス異常　【恐慌】

激しい恐怖状態に陥り、正常な判断ができなくなる。

※※※※※※※※※※※※※※※※※※※※※※※※※

「すみませんでした」

「まったくです」

可憐な妖精亭の一室。俺はニナの部屋で頭を地面に擦《こす》り付けて謝罪をしていた。混乱していたとはいえ、一生の不覚だ。

「ステータス異常なら仕方ないとはいえ……。次からは気を付けてくださいね」

そう言うとニナははぁとため息をついた。故意ではなかったという点で何とか許してもらえたみたいだ。俺はその言葉を聞き、立ち上がると、自分の寝床に戻るべく部屋の出口に向かう。今日は疲れたし、もう寝よう。

「あっ、待ってください」

すると後ろから慌《あわ》てた様子でニナが俺を呼び止める。何事かと後ろを振り返ると、ニナは立ち上がりこちらへ駆け寄ってきた。

「少し……、お話をしませんか？」

「お話？」

「はい。先ほど部屋に伺《うかが》ったのも、実はそちらが本題でして」

少しニナは表情に影を落としながらそう言った。俺は部屋に戻ると、ニナに勧《すす》められるまま椅子に座る。その正面の椅子にニナは腰を下ろした。

「んで？　話とは？」

俺は早く話せとばかりにニナに催促する。ニナは仄《ほの》かな暗さを顔に残したまま、ポツリポツリと話し始めた。

「私の生まれた国……。ユーレシュに起こった出来事についてお話しします」

◇

魔法王国リーゼベト。その北方、ロギメルという名の国を更に北に進んだ先に、リーゼベトと同じく魔法王国という名を冠する国が在《あ》った。魔法王国ユーレシュ。魔法研究においてはリーゼベトと双璧をなし、特に炎系統の魔法についてはどの国よりも研究が進んでいた大国だった。

魔法王国ユーレシュの首都スノーデン。万年雪に覆《おお》われた青き壁を持つ王城。その美しさから『白氷《はくひょう》の青殿《せいでん》』と呼ばれた城の一室。凍てつく空気をも溶かすかのように、元気な産声《うぶごえ》が響いた。

「王妃様、おめでとうございます。玉のような女の子にございます」

産婆《さんば》は赤子を大事に抱え、王妃と呼ぶ女性にその子を見せる。

「そう。これが私の……」

王妃は大事に赤子を受け取ると、改めて顔を覗き込む。赤子は泣き疲れたのか、スヤスヤと気持ち良さそうに眠っていた。不意に湧いた悪戯心《いたずらごころ》でその頬をツンと突っついてみる。柔らかな弾力が人差し指の先に返ってくる。王妃は、形容しがたい感情が胸の中に込み上げてくるのを感じた。

「オリヴィア！　無事に！　無事に生まれたのか⁉」

すると、血相を変えた一人の男がその一室に飛び込んでくる。

「王よ。王妃様は出産で体力を消耗しております。あまり大きな声を出されませぬよう」

「そ、そうか。それはすまなかった」

王は産婆に窘《たしな》められ、シュンとした表情を浮かべるが、すぐに自分の妻と、彼女が抱きかかえる赤子を見るやいなや、パッと表情を明るくした。

「この子か？　この子がそうなのか？」

王は、ゆっくりと王妃へ歩み寄る。

「ええ。私たちの宝物。女の子だそうですよ」

「そうか。女の子か」

「残念ですか？」

「う、うむ。跡継ぎのことを考えるとやはり男の子……」

その瞬間、産婆から凍てついたオーラを感じた。それ以上軽口を叩くようならば、どうなるか分かっているかと言わんばかりに。

「いや、なんでもない」

「くすくす。本当に分かり易《やす》い人」

完全に萎縮《いしゅく》してしまった王を笑う王妃は、目尻の涙を拭《ぬぐ》いながら再び我が子に目を向ける。そしてゆっくりと語りかけた。

「大丈夫ですよ。父とは娘の方がかわいいもの。何も心配はいりません。私の父もそうだったのですから」

すると赤子の顔が少し晴れやかになったように見えた。王妃はそれを見て満足したような笑みを浮かべる。

「して、王よ。名前はお決めになられたのですか？」

「いや……それなのだがな」

産婆から促《うなが》された王は少し動揺しつつ、懐《ふところ》から一枚の紙を取り出し、王妃に手渡した。王妃はその紙に目を通していく。

「まぁ。どれもこれも男の子向きの名前ばかりですね」

「すまん。どうも俺の願いばかりが先走ってしまった」

「まったくこの人は……」

産婆は呆《あき》れたようにため息をついた。王妃はどうしたものかとうーんと考える。

「あら？　一つだけ……」

「どうした？」

羅列《られつ》された赤子の名前の候補の中。一つキラリと光る文字が見えた。

「これでしたら、女の子にも相応《ふさわ》しいですわ」

王妃はその名前を指差しながら、夫へ見せる。

「おお。確かにこれなら」

「どれどれ。まぁ、素敵なお名前ではございませんか！」

産婆もそれを覗き込み、パッと顔を明るくする。

「古い言葉で『解放』という意味と記憶しております。どこでこのような言葉をお知りに？」

「いや、なに。名前を考えるにあたって書物庫に閉じ込もっておったのでな。古い書物も何冊か読み漁《あさ》って、そこから拝借させてもらったのだ」

二人から褒《ほ》められ、急に調子づいたのか自信満々に王は言った。それが王妃にはとてもおかしかった。そういえば、彼のこんな子供っぽいところに惹《ひ》かれたのだ。そう思い出し、再び笑みがこぼれてしまう。

「ですが、少し呼びにくいですね。正式な名はこれでいいとして、普段は愛称で呼ぶことにしませんか？」

「愛称とな？」

「例えば……。そう、ニナなんてどうでしょうか？　縮めてニナ。ニナ・ユーレシュ」

「ニナ……。ニナ・ユーレシュか！　ますます女の子らしい名前だな。俺は気に入ったぞ！」

「ええ。私も賛成にございます。よき名を授かりましたね。ニナ様」

王、王妃、産婆。三人から覗き込まれた赤子は、ゆっくりと目を開ける。そしてそれぞれの顔をじーっと見たかと思うと、だあだあと笑い始めた。

「オ、オリヴィア。今俺の顔を見て笑ったぞ！」

「自惚《うぬぼ》れが過ぎますよ、王。私の顔を見て笑ったのでございます」

「な、何を言っている。俺だ！」

「私にございます！」

「俺だ！」

「私です！」

王と産婆がギリギリと睨み合い、不毛な争いをする中、母の腕に抱かれたニナはその顔をじっと見つめる。

「どうしたの？　ニナ？」

「だあっ！」

　オリヴィアが優しく笑いかけると、それに呼応するようにニナも再び笑顔を見せた。

「独り占めはずるいぞオリヴィア！」

「ニナの独り占めなんてしてませんよ。ねぇ、ニナ？」

「だあだあ」

「あっ！　またお前はそうやって！」

　氷に閉ざされた大地に、力強く繁栄した国、魔法王国ユーレシュ。その凍てついた国の凍てついた城の一室は、まるで春の訪れを感じさせるかのような暖かい空気に満たされていた。


　白い雪に覆われた国に、温かな産声が響き渡ってから六年の歳月が流れた。国の中心に位置する白氷の青殿内。外壁の青に相対するような真っ赤な絨毯《じゅうたん》が敷かれた長い廊下を、一人の少女が疾走していた。

「お、お待ちくださいませニナ様……」

　そう呼びかける老婆は、息も絶え絶えといったように胸を押さえながら少女を追いかける。

「やだー！　お勉強きらーい！」

　少女は後ろを振り向くことはせず、尚《なお》も走り続けながら言葉だけを老婆へ飛ばした。どうしてニナ様はこうじゃじゃ馬に育ってしまったのだろうか。老婆は汗を拭き拭き、壁に手をあて寄りかかりながらそう考える。外見は聡明《そうめい》なオリヴィア王妃に瓜二《うりふた》つであるにもかかわらず、性格はまったく違う。それもこれも全部王がニナ様を甘やかすからだ。何かにつけて娘可愛い娘可愛いとデレデレしているからニナ様がつけあがるのだ。老婆は心の奥底で現王の顔を思い浮かべ、日頃の鬱憤《うっぷん》を晴らすべくとりあえずボコボコにしておいた。


「へくしっ！」

「どうしたのですかな王？」

「いや、誰かが噂《うわさ》をしているのやもしれん。色男は辛《つら》いものだなあ、ルード」

「はあ」


何とか老婆をまいたニナは、ゆっくりと歩を止め後ろを振り返る。そこに追ってくる者はいない。ニナの完全勝利だ。ニナは額《ひたい》にうっすらと浮かんできた汗の粒を拭い、ふぅと一息ついた。

「ニナ様。あまり宮中の者を困らせてはなりません」

安心したのも束《つか》の間《ま》、不意に頭上から声がする。気づくとニナは首根っこを掴まれ、宙吊り状態になっていた。

「マ、マルビス！」

見るとそこには一人の老紳士。城を覆《おお》う雪のように白い髪と髭を持つ燕尾服《えんびふく》の男は、ニナを見ると、ニヒルな笑みを浮かべた。

「ご機嫌麗《うるわ》しゅう。ニナ様」

確かに周りには誰もいなかったはず。いつの間にこんなに近づかれたのだろうか。そんな疑問が頭をよぎるが、今は彼の手から逃れるのが先決だ。

「は、放してよ！」

ニナは手足をバタバタ動かし、マルビスの束縛から逃れようとする。が、どんなに暴れようともマルビスがうっかり手を放してしまうなんて気配はない。

「ハッハッハ。ニナ様は今日も元気でなにより」

それどころかニナの抵抗などまったく意に介さないといった様子で、マルビスは大きく笑った。

「しかし、元気すぎて周りの者に迷惑をかけるのは如何《いかが》かと存じますぞ」

マルビスはゆっくりとニナを地面へ降ろし、少し厳しめの口調でそう言う。ニナは少し面喰らったが、ここで引き下がっては王女として示しがつかない。

「マルビスはお母様の側近でしょ！　私への進言は越権行為よ！」

精一杯の問題のすり変えを行ってみる。

「おや、越権行為とは難しい言葉をご存じでいらっしゃる。これも普段の勉強の賜物《たまもの》ですな」

しかしマルビスは一切動じることなく、ヒラリとニナの口撃をかわした。

「あら、マルビス……、とそこにいるのはニナかしら？」

さてこの老人をどうしたものかとニナが思考を巡らせていると、物心ついたときから聞きなれた優しい声が耳を撫でる。

「おや、これはこれは」

マルビスもそれに反応し、声がする方へ身体を向けた。

「お母様……」

恭《うやうや》しく一礼するマルビスの後ろで、ニナは表情を曇らせる。彼女のそんな表情を見た、声の主《ぬし》、オリヴィアもまた少し顔を曇らせる。

「おかしいわね。ニナはお勉強の時間だったはずなのだけれど……」

「え、えと。その……」

まずい、このままでは勉強を抜け出してきたことがバレてしまう。ニナは勉強は嫌いだが、優しい母は大好きだ。そんな母が、自分のしでかしたことで悲しい顔をするのはニナの本意ではない。どうすれば……、どうすれば……。

「ニナ様。お忙しい中、この老人のお話し相手になっていただきありがとうございました」

「えっ……」

ニナは驚いた表情でマルビスを見る。この老人は一体何を言っているのだろうか。マルビスは抜け出した自分を咎《とが》めるために、ここに現れたと思っていたのに。しかしマルビスはそんなニナの動揺を知ってか知らずか、ニコリと優しげな笑みを浮かべると、オリヴィアへ向き直った。

「オリヴィア様、大変申し訳ございません。なにぶん暇《ひま》を持て余した身。少し話し相手にと身勝手な申し出を王女様に申し上げてしまいました」

マルビスは胸に手を当て、膝《ひざ》をつき、オリヴィアに謝罪の意を示す。違う。悪いのは自分だ。マルビスが謝ることなど何もない。そう声をあげようとするが、胸の辺りが詰まって思うように言葉が出ない。

「そう、分かったわ。マルビスにはいつもお世話になっているし、多少のことには目を瞑《つぶ》りましょう。ニナ」

「はいっ」

急に名前を呼ばれて反射的に返事をしてしまう。

「お勉強頑張るのよ」

オリヴィアはたおやかに笑いそう告げる。言われたニナはスカートの裾《すそ》をギュッと摑む。結局本当のことを言えなかった。あまつさえ、自分が悪いのに、さもマルビスが悪かったように仕向けてしまった。その罪悪感に胸が押しつぶされそうになる。

「オリヴィア様。償《つぐな》いとして私がニナ様のエスコートを」

「ええ。頼みました」

「では、ニナ様。お部屋に戻りましょうか」

そう言って、マルビスはニナに手を差し出した。ニナはコクリと頷くと、その大きな手を摑む。一刻も早くこの場から立ち去りたい。その一心でギュッとマルビスの手を強く握る。そしてゆっくりと自分の部屋に向けて歩を進めた。

「……、世話をかけるわね」

オリヴィアは誰にも聞こえぬ声でポツリとそう呟《つぶや》く。するとニナに気づかれぬようマルビスはすっとオリヴィアへ振り返り、ニナに向けたように優しく笑った。

自分の部屋へ続く廊下。そこへ敷かれた赤い絨毯をゆっくりとした足取りでニナは踏みしめる。

「ごめんなさい」

先ほど言えなかった言葉が、ようやく胸の奥から飛び出す。本当は母のいる前で言わなければならなかった。逃げ出してごめんなさい。マルビスのせいにしてごめんなさいと。大好きな母の教えの一つに、「悪いことをしたら必ず謝る」というものがある。そんな母の教えに背《そむ》く形になったことが、何よりニナの心をきつく締め上げた。

「頑張りましたな、ニナ様」

その言葉にニナはパッとマルビスの顔を見る。マルビスは先ほどと変わらず優しい笑みを浮かべていた。

「よく、素直に謝りましたね」

そんなマルビスの言葉にニナの目頭《めがしら》が熱くなる。

「マ、マルビス」

「弁のたつ王女様より、私は素直に謝れるニナ様が好きですよ」

そしてマルビスはニカッと満面の笑みをニナに向けた。

「マルビスッ！」

ニナは思わずマルビスの胸に飛び込む。

「マルビスマルビスマルビス！」

「おやおや。これはこれは……」

マルビスはされるがままにニナに胸を貸す。次第にシャツがゆっくりと濡れていくのを感じながら、マルビスは母親譲りの美しい金色の髪をゆっくりと撫でた。

「ねぇ、マルビス！」

すっかりと元気を取り戻したニナが、自身の部屋の前でマルビスに声をかける。

「なんですかな？」

「私に、マルビスの剣を教えてほしいの」

「私が剣を……ですか？」

「そう！」

ニナは知っていた。マルビスは昔、ユーレシュ随一《ずいいち》の刺突剣《しとつけん》の使い手と呼ばれていたことを。その証拠に、今でもマルビスは左の腰元に細身の剣を携《たずさ》えている。

「お言葉ですが、ニナ様は剣よりも魔法の方に才があるかと……」

「それでもなのっ！」

ニナは一歩も引き下がらないといった強い意志を持った顔でマルビスを見つめる。こうなったらテコでも動かない。まったく、こんなところは昔のオリヴィア様を見ているようだ。マルビスは懐かしさからフッと思わず笑みがこぼれる。

「そうですね……。一度お二人に確認してみます」

ここでいうお二人とは王と王妃のことだ。ニナの教育については、マルビスの一存で勝手に決めることはできない。まあ、あの親馬鹿な王のことだ。ニナが言い出したのならば二つ返事でオッケーを出すのは目に見えているが。

「お父様とお母様の許可が降りたら絶対に私に剣を教えてね！　約束よ！」

「ええ、約束いたします。この剣、『シルヴェーラ』に誓って」

マルビスは腰元の剣に触れ、膝をつく。ニナはそれに満足したのか、穏やかな足取りで自身の部屋へ戻っていった。

「さてさて」

マルビスはゆっくりと立ち上がりながらそう呟く。まずは簡単な方からの説得を試みよう。マルビスはそう思い、王の執務室へと足を運ぶのだった。


さらに時は流れる。

白氷の青殿の地下。王城のどの部屋よりも広いその一室に、金属を打ちつけ合う音が響いていた。

「はぁっ！」

細身の剣を構えた少女は、鋭い突きを目の前の老紳士に向け繰《く》り出す。だが老紳士は身体を捻《ひね》り、簡単にそれを避ける。そして、右手に持っていた同じく細身の剣で彼女の剣を跳ね上げた。再び剣が交わる音が部屋に響く。そして彼女の手から離れたそれは、回転しながら空中へと投げ出され力なく地面に落ちた。

「くっ！」

少女は悔しそうに自分の拳を握る。

彼女が老紳士から剣の手ほどきを受けるようになって、二年という歳月が経過していた。最初は剣を持つ、振るうといった基礎訓練からスタートした。細身とはいえ鉄製の剣。幼い少女には構えることで精一杯だった。その基礎訓練は一年続いた。ある程度剣が振れるようになって、初めて手合わせすることを許された。手合わせが始まり、最初に出された課題は老紳士が描いた小さな円の中から彼を出すというものだった。彼女は曲がりなりにも老紳士の言うとおり地味な基礎訓練を真面目《まじめ》にこなしてきた。最初に比べて普通に剣は振れるようにはなった。剣の型も構えも教わった。まだ敵わないものの、ある程度の剣術は会得《えとく》できているという自負があった。故《ゆえ》に彼女は高を括《くく》っていた。そんな課題簡単に終わらせてみせると。

「はぁ、はぁ」

結果は惨々だった。どんな刺突も一撃も当たらない。絶対に当たると踏んで放った薙《な》ぎ払いは、彼の指二本で挟まれ止められた。たった一歩足を動かす。それさえ彼女にはできなかった。

そこから一年。彼女は課題をクリアできずにいた。一つ進歩があったとするならば、老紳士に剣を使わせることができたこと。最初は素手で受け止められていた剣尖《けんせん》も、今は彼の剣によって弾《はじ》かれている。少しずつ前には進んでいる。が、あまりにも遅々《ちち》とした足取りに彼女は焦燥感《しょうそうかん》を覚えていた。剣の才がないというのは最初に聞いていた。それは自分でも咀嚼《そしゃく》し、理解し、それでも彼に乞《こ》うたのだ。私に剣を教えてほしいと。初めて誰かから何かを学びたいと思った感情を大事にしたかったから。

「ニナ様。もう日も落ちます。今日はそろそろ」

少女をニナと呼ぶ老紳士マルビス・ハウゼンは、数年前と変わらない笑顔で、少女にそう投げかけた。訓練は勉学が終わった昼過ぎから開始し、休憩も取らず現在にまで至っている。剣に対する真摯《しんし》な姿勢は評価するが、無理はよろしくない。ましてや彼女はまだ八歳。自分に剣を使わせたことでも十分に凄《すご》いのだ。

「――ます」

切らした息とともに吐き出されるか細い声。齢《よわい》を重ね、少し遠くなった耳に少し寂《さび》しさを覚える。

「まだ、できます！」

あえて聞こえないふりをしていたにもかかわらず、彼女は再度その言葉を口にした。こちらを見つめる彼女の瞳は、この国中を覆う雪ですら一瞬で溶かすかのような熱い炎が灯《とも》っていた。

やれやれとマルビスは嘆息《たんそく》する。このひたむきな性格。これは王に似たのか王妃に似たのか……。いずれにしてもこれ以上の訓練は体に毒だ。

「いえ、今日はここまでです」

少し厳しめの口調でそう告げる。すると彼女も了解したのか、ふっと瞳の炎が消えた。

「分かりました。マルビスがそう言うのなら」

彼女はそのまま地面の剣を拾い、腰元の鞘《さや》に納める。マルビスはそれを見届けると、自らの剣、『シルヴェーラ』を鞘に納めた。

「ニナ、聞いたぞ。今日はついに上級魔法を使えるようになったそうだな」

王の執務室に呼ばれたニナは、父であるユリウス・ユーレシュ王に満面の笑みで出迎えられる。

「はい」

しかしニナは複雑な表情で短く返事をした。

「どうした？　何か不満でもあるのか？」

父の心配そうな声。少し憤《いきどお》りを感じながらニナは口を開く。

「お言葉ですがお父様。隣国ロギメルの王家には、精霊召喚に成功した同い年の女の子がいると聞きました。そしてそのまた隣国リーゼベトには、神の申し子と呼ばれる騎士をも凌駕《りょうが》する力を持った男の子がいると聞いております」

「ああ、まあ。そうだな」

「比べて私は上級魔法を使えただけ。まだまだ遠く及びません」

ニナは自分で言って自分に腹が立っていた。ニナはこれからユーレシュを背負う宿命を持った王女。であるにもかかわらず、他国の同い年の少年少女に比べてのこの体《てい》たらく。彼女が焦《あせ》る理由の一つはここにもあった。

「なに、よそはよそだ。ニナはニナでゆっくりやっていけばいいさ」

そんなニナに王は優しく言葉を投げかける。自分を気遣《きづか》ってくれた一言。だが、今のニナにはその一言さえ自身の焦燥感を刺激する。

「ゆっくりでは駄目なんです！」

思わず声を荒らげてしまう。はっ、として父の顔を見ると、まるで鳩が豆鉄砲を喰ったかのような顔で、ニナを見つめていた。

「失礼します」

ニナはバツが悪くなり、父から逃げるようにしてその場を後にした。

「ニナ！」

後ろから父の呼ぶ声が聞こえたような気がしたが、それを無視して自分の部屋へ駆け出す。

なんて自分は卑小な人間なのだろうか。せっかく自分の頑張ったところを褒めてくれた父の言葉を無下にしてしまった。自分の愚かさに嫌気がさす。

「ニナさまー！」

自身の部屋に着いたニナがドアノブに手を掛けたところで、背後から誰かに名前を呼ばれる。

「ルード？」

振り返るとそこには息を切らした一人の男性。

「はぁはぁ。はい、ルードにございます」

少し恰幅《かっぷく》の良い、父の側近。宰相《さいしょう》ルード・レイアーがいた。

「何か用？」

複雑な心境から少し険のある物言いをしてしまう。

「たまたま王の執務室の前を通りかかったら、飛び出していくニナ様を……。どうなされました?」

ルードはニナの顔を見て驚いたようにそう言った。そんなにひどい顔をしているのだろうか。

「何でも……ないです」

「何でもないことないでしょう」

ルードは、はぁとため息をつくとニナの手を取る。

「ルード?」

「東方から珍しい茶葉が手に入ったのです。ご一緒にいかがですか」

「でも……」

「ニナ様、息を抜くことも時には大事ですよ。ささ」

ニナはそのままルードに手を引かれ、彼についていく。恐らくはルードの部屋に連れていかれるのだろう。ルードは昔から、ニナが落ち込んでいる時に図ったかのように目の前に現れ、こうやってお茶に誘ってくれる。そしていつもニナを励ましてくれるのだ。

「さぁ、つきましたよ」

気づくとルードの部屋の前。今日はどんなお茶を淹《い》れてくれるのだろう。ニナは少し心が浮き立つのを感じながら、彼の後に続いて部屋に入った。

「ラオツァディー産の逸品《いっぴん》です。どうぞ」

彼は満面の笑みで、椅子に座るニナにお茶の入ったカップを手渡す。ニナはそれを受け取るとゆっくり口をつけた。口の中に柔らかい苦みが広がったかと思うと、仄《ほの》かな甘みが舌の上をくすぐる。お茶が喉を通るのを確認し、一息つくと、鼻から茶葉のいい香りが抜けていった。

「──おいしい」

意図せず声が漏《も》れる。ルードは穏やかな笑みを浮かべると、テーブルを挟んでニナの対面の椅子へ腰かけた。

「それで、何があったのですか？」

ルードは優しい声でニナに尋ねる。ニナはカップをゆっくりと置くと、ルードの顔を見てポツポツと話し始めた。

「なるほど」

ルードは黙ってニナの話を聞き終えると、そう一言呟く。

「私、お父様に酷《ひど》いことを……」

「なーにも、気になさる必要はありませんよ」

「え……」

ニナが驚いてルードを見ると、ルードはやれやれといった表情で自分のお茶に口をつけた。

「こう言っちゃなんですが、王は馬鹿なんです」

「はあ」

一応だが、この国で一番偉い人物に対して馬鹿と言い放ったルードにニナは目を点にする。

「ですから、ニナ様がどんなことを言おうと、『お父様ごめんなさい』と可愛く謝れば何でも許してくれますよ」

そしてハハハと笑いながらルードはそう請《う》け合った。

「そうかな？」

「そうですとも」

少し不安が残るが、ルードがそう言うのなら問題はないのかもしれない。

「分かった。ルードの言うとおりにしてみる」

グッと自分の前で手を握ると、よしっと気合いを入れなおした。

「しかしニナ様。その件よりも、もっと気がかりなことが一つあるのですが？」

「なに？」

「どうしてニナ様はそんなに焦っておられるのですか？　既にそのご年齢で上級魔法も使えるようになったらしいじゃないですか。他国のことは抜きにしても、非凡な才であることには間違いないとこのルードも思いますが？」

ルードは不思議そうな顔でニナに尋ねる。

「……ロギメルの噂は聞いてる？」

「ロギメル……ですか？」

「うん。リーゼベトと戦争をしてて、かなり劣勢になっているっていう話」

「ええ。存じ上げております」

「仮にだけど、ロギメルが負けちゃったら、次は隣国であるうちがリーゼベトの標的になっちゃうんじゃないかな……って思って。そしたら王族である私が国の皆を守らなくちゃいけないでしょ！　だから……」

　ニナは思いつめたように、カップを握りしめ俯く。緊張感が二人を包み込んだ。

「……ぷっ。あはははは」

　しかしそんな張りつめた空気を、ルードの笑い声が一掃する。

「ああ。すみません。でもあまりに突飛《とっぴ》な話でつい……」

「ルード！　私は真面目に」

「ええ。分かっております。ですがニナ様、考えてもみてください。リーゼベト王とあなたの母君、オリヴィア様は旧知の間柄。つまりリーゼベトとユーレシュは友好国なんです。確かにリーゼベトは新たにロネ王が即位してから、次々と戦争を起こす好戦的な国となりました。が、いくらなんでも友好国に対して戦争を仕掛けるほどの暗君ではありませんよ」

「そうかな？」

「考えすぎですよ。それに仮に戦争になったからといって、八歳であるあなたを戦場に出す許可が降りるわけがありません」

「……」

確かにそれはニナも思っていたことだ。いくら自分が修練を積もうと、子供であることに変わりはない。父からは絶対に許可されないだろう。

「ですから、焦らなくても良いのです」

ルードはニナに諭《さと》すようにそう語りかけてくる。

「焦らず、ゆっくり、ニナ様のペースで歩めばよろしいのです。焦りすぎてしまうことが、かえって遠回りになるということもあるのですから」

そしてルードは自身のお茶を全て飲み干した。

いつもそうだ。自分が落ち込んでいると、まるで超能力者のように目の前に現れ、そして自分の心を落ち着かせる言葉をくれる。言われている内容は父から聞かされたものと変わりない。だけど、何故だかルードの口から語られると素直に聞いてしまう自分がいる。

「ねぇ、ルード。聞いてもいい？」

「何でしょう？」

「ルードはいつも私が落ち込んでいるとこうやってお茶に誘ってくれて、話を聞いてくれる。ねぇ、どうしてそれが分かるの？」

数年前から思っていた疑問だ。

「ふむ。何でと言われると、ニナ様の顔にそう書いてあるからです」

「私の顔？」

「ええ。『どうしよう。やっちゃったな』って」

ニナは慌ててルードの部屋の鏡を覗き込んでみる。しかしそこには至って普通の、いつもの自分が自分を見つめ返していた。

「ルード。そんなのどこにも書いてないじゃない！」

「今のはものの喩《たと》えですよニナ様」

ルードはアハハと笑いながらニナのもとへ歩み寄る。

「ニナ様の表情、それを見ていれば心の内は分かるということです」

「私の……、表情」

「ええ。私も宰相という立場上、人の感情の機微《きび》に疎《うと》くては仕事が務まりませんからね。人の顔色を見ながら動くのは得意分野なのですよ。それに……」

「それに？」

「ニナ様のことは、生まれた頃からずっとお傍《そば》で見ておりましたから特によく分かるのです。こう言っては王に怒られるかもしれませんが、ニナ様のことは我が娘のように思っております。自分の娘が何を思っているか、親であれば分かるのは当然ですよ」

「ルード……」

「少し話が長くなってしまいましたね。明日も朝から勉学と修練があるのでしょう？　今日はもうお休みになってください。でないと、私が怒られてしまいますので」

ルードは苦笑いを浮かべると、テーブルの上のカップを片付け始めた。

「うん。分かった！　今日はありがとうルード」

ニナはすっきりとした顔でルードにそう告げると、彼の部屋を後にし、弾むような足取りで自分の部屋へと帰っていった。

「少し、邪魔をする」

数分の後、ニナが出ていったドアを何者かが開ける。

「何用ですかな。馬鹿王殿」

「馬鹿とは酷い言い草だなルード」

そこには気まずそうな表情を浮かべながらユリウスが立っていた。

「いや、なに。少し茶でも馳走《ちそう》になろうと思ってな」

「あなたもですか……」

やれやれとルードは先ほどとは別のカップを用意し始める。

「ラオツァディーから、特別な茶葉を手に入れていましてね」

「さすがはルードだな。気が利《き》く」

「お褒めにあずかり、至極光栄ですよ」

覇気のこもらない声でルードはそう返すと、茶をカップに注ぎ、王の前に出した。たまたまもう一人分用意しておいて正解だった。

「実は……、娘と……その……いろいろあってだな……」

ユリウスは椅子に座るなり俯きながらポツポツと話し始める。まったくこの王にしてあの娘ありだ。そう思いながらルードはため息を一つつくと、王の対面の椅子へと腰をかけるのだった。


二カ月後。

「ご、ご報告申し上げます！　先刻、ロギメルの王都マクベシアが陥落しました」

白氷の青殿内、玉座《ぎょくざ》の間。客人との謁見《えっけん》に用いられるその一室は、息も絶え絶えに飛び込んできた若き兵士の一言によって重苦しい空気に包まれた。

「そうか……」

ユリウス・ユーレシュは少し頭《こうべ》を垂れると、短くそう呟く。

「それで、ルーデンスの奴……王族はどうなったか分かるか？」

「は、はい！」

王のため息交じりの問いに、兵士は背筋を伸ばしながら返事をする。

「ルーデンス王並びにレレシィ王妃は囚《とら》われの身となり、王女は乱戦の最中《さなか》に消息不明となったそうです。恐らくは燃え盛る王城とともに……」

「もういい」

ユリウスはそれ以上聞きたくないといった様子で兵士の言葉を止めた。

「ご苦労だった」

そして彼に労《ねぎら》いの言葉をかける。

「はい！　し、失礼します！」

兵士はその言葉を受け、王に対して敬礼をすると早い足取りで謁見の間を後にした。謁見の間に残されたのは王ユリウス、王妃オリヴィア、宰相ルード――。そして、顔を真っ青に染めたニナの四人だった。

◇

「ニ〇〇ナ・ユーレシュの名において命ずる。赤は真炎、陽光纏《まと》いし心臓、天、海、地、神に仇《あだ》なす全ての愚者に黒を超えた裁きの溶解を！　『レッド・プロミネンス』！」

王都スノーデンから少し離れた氷の平原ホワイトフィールド。そこにニナの透き通った声が響き渡る。刹那《せつな》、空中に小さな赤い球体が発生したかと思うと、何倍、何十倍、何百倍にも膨《ふく》れ上がり、静かにその身を地面に落とした。

超級魔法『レッド・プロミネンス』。文字通り上級魔法を超えた魔法。それにより顕現《けんげん》した疑似太陽は、雪と氷に包まれた平原を溶かしながら地に沈んでいく。そして赤い光とともに爆散し、巨大なクレーターを残して消滅した。

「でき……た」

ニナは倒れそうになるのを堪《こら》える。一般的に上級魔法を扱えた時点で魔法使いとしてはエリートだ。ましてやそれを超える超級魔法にまで達するのはごく一握り。その頂《いただき》に、ニナはわずか十二歳という若さで辿り着いていた。

「すごいですよ、ニナ様！　感服いたしました」

「ええ、ありがとう」

スノーデンへ帰る道すがら、馬車の中。隣ではしゃぐメイド兼護衛のモニカ・ブラントールを尻目に、ニナは嘆息《たんそく》する。超級魔法の修練を始めてから今日まで、四年かかった。と、同時に、その年月はニナが剣の修練から逃げ出してからの年月に他ならなかった。

四年前、ニナはロギメル陥落の報を聞き、考えを改めた。このままあれこれ手を出していてはだめだと。器用貧乏となるぐらいならば、いっそのこと自分の得意なことに一点集中すべきだと。

「ごめんなさい」

彼《か》の日、ニナはマルビスに頭を垂れて謝罪した。自分から志願しておいて中途半端な状態で投げ出してしまうこと、マルビスの貴重な時間を無駄に使わせてしまったことを。

「いえ、いいのです」

そんなニナに対しマルビスは優しく微笑みかけた。

「以前にも申し上げましたがニナ様は魔法に才のあるお方。遅かれ早かれ私の方からも進言をしようと思っていたところですから」

その微笑みが今でも忘れられない。


「どうされましたニナ様？」

「えっ!?」

不意に自分の名前を呼ばれ、はっと我に返る。目の前にはこちらを不思議そうに覗き込むモニカの顔があった。

「いえ、なんだかあまり嬉しそうではないなと思いまして」

「そんなことは……ない」

超級魔法への到達はあの日からの目標だ。嬉しくないはずがない。だがどうしても胸のつかえとなっているものがある。それが何なのかはニナには分かっていた。

「そうですか。あ、スノーデンが見えてきましたよ」

モニカは馬車の窓から外を指差す。ニナがそちらへ目を向けると、遠目に自《みずか》らが住まう白氷の青殿が見えた。帰城したらまず父と母に報告。あと、いつも良くしてくれるルードと――、それからマルビスにも伝えておこう。ニナはそう思いながら、腰元の細剣をゆっくりと撫でた。

王城の地下。無事報告を終えたニナは、書物庫と呼ばれるその一室にいた。超級魔法修得の報告を父にした際、感激した父から書物庫の出入りを許可されたためだ。広さにして自室と同じ大きさ。だが、ここの蔵書は全て国宝級のものばかり。魔法関連の書物で自身の力になるようなものがないかと、早速訪れたのだ。

「えっと――」

手に取る書物はどれも表紙がボロボロになっており、書いてある文字も古代文字であるのでよく分からない。これを読むにはまず古代文字を学ぶ必要があるのか……。そう考えると少し頭が重くなる。

「？」

ふと目を向けた先。そこには古びた装丁《そうてい》の一冊の本。なぜだかその本から目が離せない。ニナはそれを手にとって表紙を見てみる。他の古書より比較的綺麗な表紙には、他の書物と同じく古代文字で書かれていると思われるタイトル。しかしそのタイトルは、古代文字に造詣《ぞうけい》が深くないニナでも分かった。

「禁……魔法？」

古代文字で「禁魔法」と書かれた青色の表紙の本。ニナは魔法の基礎学で習った記憶を手繰《たぐ》る。魔法の序列は、下から初級魔法、中級魔法、上級魔法、そして超級魔法となっている。その最上位の超級魔法の中で、その恐るべき威力から古代に使用が禁止された魔法が存在すると教わったことがある。畏怖《いふ》から、それらは総じて「禁魔法」と呼ばれた……とも。

「確か禁止された理由は威力だけじゃなかったはず」

その時教えられたのは「禁魔法」のデメリット。威力が絶大である故に、術者へ激しい反動があるというもの。中には一度唱えるだけで命が失われるものもあったらしいとは、その時の教師の話だ。

ゴクリと生唾《なまつば》を飲み込む。これを修得すれば、魔法において自らの右に出る者はいない。ましてやそれが他国に知られれば、もしかしたらそれだけで牽制《けんせい》になるかもしれない。ユーレシユに手を出せば、禁魔法の使い手が黙ってはいない――と。

ニナはゆっくりとその本を開いた。この本に書いてある魔法さえ修得できれば――。しかし、中に書いてある文字まではさすがに読めるはずもなく、目に映るのはただの意味不明な文字の羅列《られつ》。ニナは一息つき、青色の表紙をゆっくりと閉じた。

「古代文字、やっぱり勉強しないと……」

ニナはそう決意を新たにし、その古書を片手に書物庫を後にするのだった。

そして、月日は巡り、運命の日が訪れる――。

ゆらめく情景。思い出されるのは微《かす》かな記憶。

「ねえねえ、お母様？　どうしてお父様はいつも遅くまでお仕事をしているの？」

幼い少女の問いかけ。

「それはねニナ。みんなの幸せのためなのよ」

母は少女の頭を撫でながらそう答えた。

「みんなの幸せ？」

少女の頭には「？」マークが何個も浮かぶ。

「そう」

母は優しい声音で続けた。

「私たち王族は、国のみんなが幸せで楽しく過ごせるための国を作ることが仕事なの」

「ふむふむ」

「お父様はねそのリーダーなの」

「リーダー?」

少女の頭には新しい「?」が浮かぶ。

「そうね……、一番頑張らないといけない人ってことよ」

「そっかー!」

少女はなるほどと大きく頷《うなず》いた。

「だからねニナ。ニナも大きくなったら、お父様のように、国のみんなが幸せに暮らせるような、笑顔で溢《あふ》れる国を作ってね」

「うん! 私はおーぞくだからみんなのために頑張る!」

少女が張り切ってそう言うと、母はフフッと笑みを浮かべ、すっと小指を出す。

「じゃあお母様と約束」

「うん、約束する!」

そして少女は一回り小さなその指を母のそれに絡《から》ませた。

◇

——夢か。

少女は少し重たい身体をゆっくりと起こし、まだ醒《さ》めきらない頭で回想する。

「何度目かな」

誰にでもなく、ただポツリとそう呟《つぶや》いた。

幼き日に母としたこの約束。十七年間生きていた中で一度たりとも忘れたことはない。自分の中で唯一《ゆいいつ》信条としているものがこの母との約束なのだから。

「よしっ」

ニナは十分に時間をかけ、身支度を済ませる。そして最後にキュッと胸元のリボンを締め、魔法師団の制服に乱れがないかを軽く確認すると、自室を後にした。

「隊長に敬礼！」

ニナが魔法修練場へ足を運ぶと、副隊長であるモニカの号令に合わせて、団員がニナへ向けて敬礼をする。そしてニナが軽く頷くと、全員が敬礼の姿勢を解除した。

「モニカ。戦況は？」

「はい。依然《いぜん》リーゼベト軍の侵攻は激しく、サンタミーシアは敵軍に包囲されました」

「そう」

ニナはすっと表情に影を落とす。雪灯《ゆきあか》りの町サンタミーシアは、王都スノーデンから馬車で一日ほどの距離だ。サンタミーシアが落ちれば、いつリーゼベトの手が王都に伸びてもおかしくないといった状況に、ニナは頭痛を抑えられない。

「いつかのロギメルを彷彿《ほうふつ》とさせるわね。このままではサンタミーシアが陥落するのも時間の問題……」

「どうしてこうなったのでしょうか」

モニカもニナと同様、表情に影を落とし、そう呟く。本当にどうしてこうなってしまったのだろうか。まるで、数年前に自分が恐れていたことがそのまま現実になってしまったみたいだ。

事の始まりは一年前。ロギメル侵略後、それまで沈黙を続けていたリーゼベトが突如《とつじょ》としてユーレシュに宣戦布告を行ってきたのだ。父であるユリウス王は、何か思うところがあったようで「たったそれだけのことで！」と激昂《げっこう》していたのを覚えている。

「ううん。憂《うれ》いていてもしょうがないわ。私たちユーレシュ魔法師団に与えられた任務は王城の守護。ユーレシュの騎士団が前線でほぼ壊滅した今、残された戦力はごくわずか。私たちもここから忙しくなる。気合いを入れなおすわよ！」

「「「「「はいっ！」」」」」

ニナの檄《げき》に全員が襟《えり》を正す。そして、ニナを先頭に王都スノーデンへと一団は帰還していった。


「敵襲、ありませんでしたね」

「ええ、そうね」

ニナは高台からサンタミーシアの方を見る。今日一日、王都スノーデンの周りを魔法師団で警備していたが、結局リーゼベトの侵攻はなかった。いや、ないに越したことはないが、構えていたぶん何だか肩透かしを喰らった気分だ。

「隊長。もしかしたら少し盛り返したのかもしれませんよ？」

隣でモニカがはしゃぐようにそう言う。確かにそう考えればスノーデンまで手が伸びなかったのも頷ける。

「あーあ。何だか私たち見てるだけで複雑です。ここまでの状況なんですから、私たちも前線で戦うべきだと思うんですけど」

モニカは残念そうな顔でそう呟く。確かに自分もそう思う。だけど、そうはならない理由は他でもない自分自身にあることを理解しているニナは言葉を返せない。王は娘であるニナを溺《でき》愛《あい》している。故《ゆえ》に、ニナが隊長を務める魔法師団は、前線へは赴《おもむ》かず、こうして王城の守護に回されているのだから。

「ねえ、隊長。隊長からユリウス王へ嘆願してみたらいかがですか？」

「嘆願？」

「はい。最前線であるサンタミーシアへ援軍として向かわせてほしいとお願いするんです。押し返しているかもしれない今なら許可が出るかもしれません！」

ニナは顎《あご》に手をやり考える。確かにモニカの言う通りかもしれない。この数年間ニナは魔法を磨くことに精進してきた。それはひとえにこの国の戦力となりたかったから。リーゼベトの脅威《きょうい》に抗《あらが》うために研いできたこの刃《やいば》は、まさに今使うべきではないだろうか。

「そうね。少し話をしてみる」

ニナがそう答えると、モニカは大きく頷いた。


「ならん」

謁見《えっけん》の間《ま》。王ユリウスは額《ひたい》に青筋を浮かべながら少し怒鳴るようにそう言った。

「どうしてっ！」

納得のいかないニナは食い下がる。

「ならんと言ったらならん。魔法師団はこの王都を守護する最後の砦《とりで》だ。それが王都を離れるなどもってのほか。少しは考えてからものを言うんだ！」

強い言葉がニナの心を刺す。だが、ここで引いてはせっかくのサンターミアの奮闘が水の泡だ。

「なら、私とモニカ二人で向かいます。他の隊員はここの守備で残ってもらう。それなら問題は……」

「隊の指揮は誰が執《と》る？　隊長と副隊長のいない隊が、いざという時に的確に行動できるとは思わないが？」

「っ……」

いつもは甘々なのに、今日は的確に痛いところを突いてくる。やはり無理なのだろうか。

「私が残ります」

ニナが諦《あきら》めかけた時、背後から声がした。慌《あわ》てて振り向くと、そこにはモニカの姿があった。

「私が残って魔法師団の指揮を執ります」

「モニカ……」

「……。ニナ一人では前線は危険だ」

「では師団員を数名隊長のお供に。魔法師団は百余名から成る隊ですから、数名いなくなっても問題ありません。それにニナ様はこの国随一《ずいいち》の魔法の使い手。リーゼベトの軍勢を蹴散らすなど造作もないと私は信じています。王はニナ様の力を信用できないのですか？」

王の一言に対して、捲《まく》し立てるようにモニカは言葉を並べた。ユリウス王もそれを受けて少したじろいでしまう。

「信じられないわけではないが……」

「では問題はないということで。隊長、出陣の準備です！」

モニカは呆気《あっけ》にとられているニナの手を掴み、出口へ歩を進める。

「ま、待て。話はまだ――」

後ろから王が何かを言っていたが聞こえないふりをして、モニカは困惑《こんわく》するニナを強引に連れ、謁見の間を後にした。

「モニカ、その……」

「これで隊長の晴れ舞台は整ったわけです」

ニナの私室。そこまで無言だったニナが意を決してモニカに話しかけると、彼女は満面の笑みをニナへ向けた。

「ニナ様のメイド兼護衛となってから数年。魔法師団の副隊長に命じられてからもだいぶ時が経《た》ちました。その間、ニナ様がどれほど修練を積んできたのかを一番知っているのは私であると自負しています」

「モニカ？」

ニナは尚《なお》も整理できない頭で彼女の言葉を待つ。

「そんなニナ様がこんなところで燻《くすぶ》っていていいわけがありません。だから少しニナ様を焚《た》き付けさせていただきました」

てへっ、とモニカは舌を出した。そこでニナもだんだんと話の内容を理解し始める。

「別に私自身はどうでもよかったんです。ただ、あんなにもひたむきに頑張っていたニナ様が、王女というだけで宝の持ち腐れになっている状況に納得がいかなかったんですよ。さっきも言いましたが、ニナ様はこの国の誰よりも強いお方であると私は信じていますから！」

モニカはそう言うと、ニナの手を取り彼女の目を見つめる。

「ですからニナ様、この国を……、お救いください！　民《たみ》を代表してお願い申し上げます」

「モニカ……」

ニナはモニカのこの声、言葉を噛みしめる。今朝も夢に見た母の言葉。王族は国のみんなが幸せになるために頑張らなければならない。それは王である父だけではない。王女たる自分もまた、だ。大きくなったら父のように幸せな国作りをすると母に約束した。それが今なのではないだろうか？　ニナはその母との約束を胸に抱き、モニカの手を握り返した。

「ええ。任せて！」

「ニナ様――」

「それとごめんね、いろいろ気を遣《つか》わせてしまって。いいえ、ここはありがとうと言うべきかな？」

「勿体《もったい》ないお言葉です」

モニカはゆっくりと膝をつき、ニナへの忠義を示す。ニナはそれを受け取ると、彼女は改めて心に誓った。鍛えてきたこの力を、リーゼベトの軍勢に示してみせると。この国の幸せを守るために……。

「ここがサンタミーシア？」

ニナがスノーデンを発《た》った翌日。ニナを含む魔法師団数名は、雪灯りの町サンタミーシアへ辿り着いた。使い捨てる勢いで馬を走らせてきたため、思ったよりも早く到着したが、どうにも町の様子がおかしいことにニナは首を傾《かし》げる。

「隊長これは一体……」

後ろから付いてくる師団員も不安そうな表情でこちらを見る。この町は現在戦いの最前線。リーゼベト軍とユーレシュ軍がぶつかり合っていると想像していたのだが……。

「隊長、ここはまるで……」

「ゴーストタウンね」

ニナは師団員の言葉の続きを自《みずか》らの口で発する。そう、サンタミーシアはあまりに静かすぎるのだ。建物も戦火に巻き込まれてはおらず、綺麗なまま。ただ、町からごっそりと人だけがいなくなった、そんな状態だった。

「少し探索してみましょう」

ニナは師団員にそう言い、二人一組で手分けして町の様子を確認させることにした。

「第一班、西側。誰一人発見できませんでした」

「第二班、南側同じくです」

「第三班、東側も同じです」

「そう」

ニナはそれぞれの報告を受け、頭を抱《かか》える。自らが担当した第四班、北側。こちらも収穫なし。一時間探索しても人っ子一人見つからない。一体どういうことだ？　この町では一体何が起こったというのだろうか。

「隊長っ！　あれをっ！」

混乱が続く頭に、師団員の焦《あせ》りの声が響いた。何事かとその師団員が指差す方を見ると、何やら空が真っ赤に染まっている。

「この方角は……、スノーデン!?」

ニナは自分の目を疑う。しかし、あの空の色。間違いなく、スノーデンは戦火に包まれている。

「なん……で？」

ニナは目を大きく見開いたまま、茫然《ぼうぜん》と立ち尽くした。スノーデンからサンタミーシアへ来るまでにリーゼベト軍とすれ違ってはいないはずだ。ならばなぜ、今、王都は燃えている？　何が起こっているんだ。サンタミーシアの住民は一体どうなった？　スノーデンはどうなっている？　分からない。分からない、分からない。

「モニカ……」

ふと副隊長の笑顔が頭をよぎる。そして、はっと我を取り戻すと師団員たちに声を投げた。

「全員、ただちにスノーデンへ！」

「「「「はいっ！」」」」

ニナと同じく茫然としていた師団員たちは、彼女の言葉受け、条件反射のように返事をした。

どんなに早馬を使ってもスノーデンへは半日はかかる。ましてやこの馬たちはサンタミーシアへ来るときにも無理をさせた。何頭かは既に息絶え、馬を失った師団員は自分の足でスノーデンへ向かっている。

「ここまでか」

ニナも自身の馬の状態を確認すると、それを乗り捨て、自分で走ることを決めた。

「雷光の糸、紡《つむ》ぎ交じりて、韋駄天《いだてん》の足袋《たび》となれ。『ムーブドエンハンス』」

ニナは、中級魔法を自らの体軀《たいく》へとかける。これでどこまで持つか分からない。が、今は一刻も早く王都へ戻らなければならない。ニナは羽根のように軽くなった身体を確認すると、その足で地を力強く蹴った。

走る。走る。赤く燃える空の方角へ向けて。幾度となく激痛が走る足に鞭《むち》を打ちながら。

「『ヒーリングエイド』！」

その都度《つど》一番魔力の消費の少ない治癒《ちゆ》術で応急処置をした。初級魔法ならば消費は僅《わず》か。何度か使用したところでスノーデンに着くまでに魔力が尽きることはない。

ニナはスノーデンへ向けがむしゃらに走り続ける。気づけば周りには誰もいない。ただ一人で、ニナは走っていた。それでも彼女は足を止めない。こうしている間にも、スノーデンが、民が――。

ニナは茫然と立ち尽くしていた。覚悟はしているつもりだったのに……。業火《ごうか》に包まれるスノーデンの街を目《ま》の当たりにして、ニナにはそうすることしかできなかった。

何故《なぜ》こんなことになった。どこで私は間違った。そんなことばかりが頭を駆け巡り、次の一歩が踏み出せない。ただ燃えて消えゆく街並みが、ニナの瞳に焼き付けられていく。

「ニナ様っ！」

不意にどこからかよく知る人物の声が聞こえてきた。ニナはその声で我を取り戻す。

「ニナ様っ！」

「モニカっ！」

ニナが声のする方へ顔を向けると、モニカがこちらへ走ってくるのが見えた。良かった、生きていた。ニナはホッと胸を撫で下ろす。

「ニナ様、ご無事だったのですね」

はぁ、はぁとモニカは息を切らせながらそう言う。

「それはこちらの台詞《せりふ》よ。一体何があったの？」

ニナは今にも倒れそうなモニカの肩を抱きながら彼女に尋ねた。

「伏兵《ふくへい》が潜《ひそ》んでいました。ニナ様が王都を離れた後、ほどなくして奇襲を受けたのです」

「そんな……」

それが本当ならサンタミーシアに人がいなかったのも納得ができる。しかし、そんなタイミングの悪い話があるだろうか。まるで全てが謀《はか》られたかのような……。

「どうしました隊長？」

モニカはニナの顔を覗き込みながら尋ねる。ニナは彼女から目を逸《そ》らさず、モニカに問うた。

「モニカ。他の師団員はどこ？」

自分が連れていった魔法師団員は数名のみ。大半を王都に残してきたはずだ。

「王城にいます」

「分かったわ。すぐに向かうわよ」

ニナはモニカにそう告げると同時に王城へ向かって走り始める。

「はいっ！」

モニカも短く返事をし、ニナの後を追いかけた。

白氷《はくひょう》の青殿《せいでん》。そう呼ばれていた荘厳《そうごん》な王城は今、赤い炎と黒煙に包まれていた。

「お父様……、お母様っ！」

ニナの額《ひたい》に冷や汗が浮かんだ。嫌な予感がする。彼女の直感がそう告げていた。

王城の門を抜け、中庭を通る。その最中《さなか》、ニナは横目にとあるものを確認し、足を止めた。

「あれはっ……」

折り重なる死体の山。その服装には目に馴染んだものである。

「魔法師団の制服……」

ニナはその山へ駆け寄り、近くで確認する。

「アルド、エルベンス、シエーラ……」

その誰もがニナのよく知った顔だった。ただ違うのは、そのどれもがもの言わぬ死体だということ。ニナはもう、彼らの声を聞いたり、笑った顔を見ることはできないということ。

「酷《ひど》い……誰がこんなことを」

決まっている。リーゼベトの伏兵だ。怒りが、憎しみが、心の奥底から湧き上がる。握った手のひらに爪が食い込み、血が滲《にじ》んだ。

許せない。敵を、全てを焼き払ってしまいたい。こんな怒りを感じたのは初めてだ。メラメラと燃え上がるマグマよりも熱い闘志は、ほどなくして一つの衝撃で呆気《あっけ》なく霧散《むさん》した。

「ぐっ、がはっ……」

背中に受けた熱の塊《かたまり》。それは体内にまで達し、まるで内臓が焼き焦《こ》がされていく感覚に陥《おちい》る。

「誰がこんなことを……ですか」

ニナは声の方向へ振り返る。

「お答えしましょう」

そして眼を大きく見開いた。

「私ですよ。ニナ様」

そこには邪悪な笑みを浮かべるモニカ。周りには数個の炎球がゆらゆらと漂っている。

「くっ……」

ニナは飛んでくる火弾を避けつつ、初級魔法で応戦する。彼女が即座に生成した雷槍《らいそう》は、直線状にモニカへと突進した。が、モニカはたやすくそれを避け、再び火弾を自らの周囲へ浮遊させると、息をつく暇《ひま》も与えないといわんばかりに、ニナへとそれを向ける。

「どうしましたニナ様？　隊長ともあろうお方がそのざまですか？」

モニカは楽しそうに笑った。ニナは彼女の笑うのを何度も見たことがある。だけれど、今ほど彼女の笑顔が禍々《まがまが》しく見えたことはない。

「モニカ……。どうして、こんなことを……」

ニナは飛んでくる火弾を避けながら、困惑した表情でモニカに尋ねた。すると、モニカは一瞬呆気に取られた表情を浮かべる。

「あぁ、まだ気づいていないんですか。では改めて自己紹介をしましょう」

そしてそう告げると、再び笑顔に戻った。

「リーゼベト七星隊、第三隊副隊長、アルモニカ・ブランシュと申します。以後お見知りおきを」

「リーゼベト七星隊……」

聞いたことがない隊名だが、リーゼベトと名がつく以上、敵国側の人間であることに間違いはない。モニカがリーゼベトの回し者であった事実に、ニナはギュッと奥歯を噛みしめた。

「ええ。リーゼベトが誇る七人の騎士隊長により統括《とうかつ》された戦闘集団、それがリーゼベト七星隊です。その第三隊が与えられた任務は諜報《ちょうほう》と攪乱《かくらん》、すなわち……」

「スパイ」

「ご名答です」

モニカ……いや、アルモニカはパチパチと拍手をしてニッコリ笑う。その、人を小ばかにしたような態度にニナは更なる苛立《いらだ》ちを覚えた。

「ふざっ、けるなあぁぁぁぁぁっ！」

ニナは持てる最大の力を己《おの》が雷槍に込める。

「『マジックブースト』！」

そして数年前、十歳の時にスキルクリスタルから授かったスキルを発動させた。ニナの魔力を吸い上げた雷槍はどんどんと巨大化していき、元の大きさの三倍ほどに膨《ふく》れ上がる。それをニナはアルモニカへ向け投擲《とうてき》した。巨大な雷槍は紫色の電流を纏《まと》い、先ほどのものとは比べものにならない速さでアルモニカへ突進する。

一対一の戦闘において、マジックブーストの力が一番発揮されるのは初級魔法。詠唱《えいしょう》のいらない初級魔法を高火力で放つことができることこそが、このスキルの強みであるとニナは思

っている。さすがのアルモニカもこれは厄介《やっかい》とばかりにチッと舌打ちすると、腰元の細剣を鞘《さや》から引き抜いた。そして中段にそれを構えると、飛んでくる雷槍へ向け一閃《いっせん》の突きを繰り出す。剣は雷槍の中心を正確に捉《とら》え、雷槍を四散させた。獲物《えもの》を捕らえ損ねた雷槍はそのままアルモニカの周囲へと墜落し、四つの穴を地面に空ける。

「そこだっ！」

刹那《せつな》、剣を抜き放ったニナがアルモニカへ肉迫する。不意を突かれたアルモニカは、瞬時に火弾を放ち牽制《けんせい》をしたが、ニナはそれを軽くかわすと、数年ぶりとは思えない正確な刺突《しとつ》をアルモニカへ繰り出す。アルモニカは研ぎ澄まされた反射神経で何とかそれを避ける。が、完全には避けきれず、頬に一筋、赤い線を刻まれた。目の端でニナが連撃刺突の構えを取っていることに気付くと、瞬時に地面を蹴って後退し、彼女と距離を取る。ニナはそれを確認し、刺突の構えを解いた。

「なるほど。剣の腕前は鈍《なま》っていないということですか」

「そうでもないわ。マルビスに教えを受けていた時であれば、確実にあなたの心臓を貫《つらぬ》いていたでしょうから」

「ご冗談を……」

アルモニカは額の汗を拭《ぬぐ》う。ニナの力量を読み損ねていた自身の詰めの甘さを悔いた。いつからニナはここまで力をつけた？　少なくとも自身がニナの側近になった頃は自分の方が数段は強かったはずだ。そこから片時も傍《そば》を離れず、監視をしていたというのに。

だが、とアルモニカは考える。魔法はともかくとして、剣の腕前にそこまで圧倒的な差は感じない。勝機があるとすれば剣戟《けんげき》。そう踏んだアルモニカは、近接戦闘に切り替えるべく、すぐさま前進するため一歩を踏み込んだところで違和感に気付いた。が、時既に遅く、足元から紫色の電流が一条の光となり、地面を貫いてアルモニカを襲う。

「『サンダースピア』！」

ニナのその一声とともに、凄《すさ》まじい電撃が身体を駆け巡る。

「あああああっ！」

電撃ごと、上空へと突き上げられたアルモニカは、意識が途切れないよう歯を食いしばって耐えた。そして落下に併いニナを睥睨《へいげい》する。だが、その時彼女は気づいてしまった。鞘の両端を弦《つる》状にした紫電《しでん》で繋《つな》いだ即席の弓とし、同じく紫電を纏わせた細剣を矢としてこちらを狙っている姿を。

「貫け、『紫電剣閃』」

ニナの手から放たれた細剣は、紫色の一箭《いっせん》となって、空中のアルモニカを捉え、貫いた。再度アルモニカの身体を凄まじい電撃が襲う。今度こそ意識を手放したアルモニカは、落下して地面に激突した。

「はぁ、はぁ」

ニナはその様子を確認すると、荒い息をつきながら地面に膝《ひざ》をつく。魔力にはまだある程度余裕はある。が、初級魔法とはいえ、短時間に連続して魔法を使い過ぎた。ふらつく頭を何とか上げ、アルモニカの状態を視認する。彼女からはプスプスと黒煙があがり、ピクリともしない。死んでいるのか、はたまた気絶しているだけなのか……。

「やれやれ。任せろというから任せてみれば……。使えない部下を持つと上司は苦労する」

立ち上がり、彼女の生死を確めようとしたところで、炎上する城から聞き覚えのある声とともに一人の男が姿を現した。そしてその後ろには全身鎧《よろい》を着けた兵士が数人、付き従うような形で城から出てくる。

「ふん、まだ死んではいないか」

男はアルモニカへ近寄ると彼女の容態を確認し、吐き捨てるようにそう言った。

「おい、誰か治癒魔法をアルモニカに」

「はっ！」

男に命令された兵士の中から一人が返事をして、アルモニカへ向け治療を開始した。

「さて……と。おやおやこれはニナ様じゃないですか。どうしたんですか？　まるで近しい人間たちに裏切られたような顔をなさってらっしゃる」

その男は下卑《げび》た笑みを浮かべながらニナにそう告げた。ニナはふつふつと湧き上がる形容しがたい感情をその言葉に乗せる。

「あなたも……なのね」

ニナは怒りで震える拳を地面に突き立て、その男を睨《にら》み付けた。

「あなたもなのねっ！　ルード・レイアー！」

ニナの魂からの叫びを受けてもまだ、ルードと呼ばれたその男は卑《いや》しい笑みを浮かべていた。

「はて、ルード・レイアーとは一体誰でしょうか？　私はリーゼベト七星隊第三隊隊長ルベルド・レイアース。どなたかと勘違いをなされているのでは？」

また、リーゼベト七星隊か……。一体この国にはいつから、どのくらいの人数の敵の回し者が潜んでいたのか。

「ルード……」

幼いころから見せてくれていたあの笑顔は嘘だったのか。辛《つら》い時、心の支えになってくれていたのもすべて……。

「ふむ。もう少し芯《しん》が強いものだと思っていたが、意外と簡単に折れてしまったな」

生気の抜け落ちたニナの表情を見たルベルドは、面白くないといった様子でため息をついた。

「せっかく、そのために、こんな余興《よきょう》まで用意していたというのに」

ルベルドはそう言い、パチンと指を弾《はじ》く。それを聞いた兵士の数人は、燃え盛る城の中から二人の男女を連れてきた。

「お父様……、お母様！」

ニナはその姿からはっきりとその二人が自分の両親、王と王妃であることを悟る。

「ニナ……か?」

ユリウスはその声を聞き、消え入りそうな声でそう返した。

「逃げなさい……。せめてお前だけでも……」

「うるさいっ！」

ルベルドは言葉を続けようとするユリウスを平手打ちで制する。

「誰が喋《しゃべ》ってもいいと言った? お前はおとなしくそこで見ていろ」

ルベルドはそう言うと、王妃であるオリヴィアの方へ歩み寄る。

「本当はニナも……と言いたかったところだが、如何《いかん》せんあの娘はロネ様に献上するもの。疵《きず》物《もの》にしてはロネ様に殺されかねない。だがお前は別だ」

「何を……、いやっ！」

ルベルドはオリヴィアへと近寄ると、卑しい笑みを浮かべながら、持っていた短剣で彼女の胸元を切り裂いた。薄手のドレスは力なく二つに分かれ、白雪のように綺麗な肌が露《あらわ》になる。

「お前の生死は問われていない。つまりは、どのような状態で献上しても問題ないということだ」

彼は持っていた短剣をしまうと、その手を、オリヴィアの胸元へ伸ばしていく。それを見ていたニナは奥歯をギリッと噛みしめると、両手をルベルドへ向けた。

「お母様に汚い手で触るなぁっ！」

刹那、両手から火弾が数発、ルベルドへ向かって直線状に放たれる。が、兵士の中の一人が間に割り込んだかと思うと、剣で火弾を全て切り落とした。

「チッ、そいつを押さえておけ！」

「はっ！」

ルベルドに命令された兵士は、短く返事をすると、ニナへと距離を詰める。ニナは近寄られまいと、火弾や雷槍で応戦するが、兵士はいともたやすくそれを避けていく。そしてあっという間に鼻先まで迫ると、ニナの鳩尾《みぞおち》に強烈な一撃を見舞った。

「がはっ……」

言葉にできない痛みが身体を突き抜けた。同時に胃の中のものが逆流を起こし、口から飛び出す。血が混じっていたのか、それは真白な雪の一部を赤く染めた。ニナはそのまま膝から崩れ落ちると、うつ伏せになる形で地面に倒れる。頬に非情なまでの冷たさを感じた。

「ふんっ、これで邪魔する者はもういないな。ではゆっくり楽しませていただくとしようか」

そう言うと、ルベルドはドレスの隙間《すきま》から手を差し込み、彼女の肌に触れた。

「おぉ。これがオリヴィア……、ユーレシュの美王妃の柔肌か。いくらか年を重ねたとはいえ、なかなか」

「やめ……て……」

オリヴィアは消え入りそうな声で拒絶を示すが、ルベルドは聞き入れない。彼女の腕は、兵士に拘束され抗《あらが》うこともままならない。

「妻から手を離せっ！」

ユリウスも反撃を試みるが、同じく兵士に手を拘束されており、動くことができない。

「くそっ、くそぉっ！」

「そのうるさい蠅《はえ》を黙らせろ」

耳障《みみざわ》りに感じたルベルドは兵士にそう命じる。命じられた兵士たちは、顔、胸、腹、ユリウスのいたる箇所へ暴力を見舞った。次第にユリウスの声は小さくなっていく。その間にも、ルベルドはオリヴィアの身体を弄んでいった。胸、腰、唇。まるで飢えた獣のように彼女を貪《むさぼ》っていく。ニナはそんな光景に、思わず目を逸《そ》らした。

父が殴打《おうだ》され、母が凌辱《りょうじょく》される姿など、誰が見ていられようか。しかしニナを拘束していた兵士がそれを許さない。彼女が顔を背《そむ》ける度、無理矢理にその光景を見せるかのように顔の向きをそちらへ戻された。目を閉じようものなら、無理矢理にでもこじ開けられる。ニナにはただただ、黙ってそれを見ているしかなかった。

どのくらい時間が経《た》っただろうか。いつの間にか、目の前には虫の息のユリウスと、そして全裸同然のオリヴィアが倒れていた。ルベルドはというと、満足した様子でその二人を見下ろしている。

「さて、せめてもの情けだ。三分待ってやろう。その間に大好きなお父様、お母様とお別れを済ませておけ」

彼がそう言うと、ユリウスとオリヴィアのもとから兵士たちが退散していく。情けなどと、どの口がそれを言うのかと思ったが、ニナはそれでも二人へ声をかけた。

「お父様……お母様……」

「ニナ……か……」

彼女の声にまずユリウスが反応した。

「すまない。こんなことになってしまって」

「そんなっ！　お父様は悪くない、悪いことなんてしていないのに……」

ニナは涙交じりの声で父に応《こた》える。

「せめて……、お前だけでも生きてくれ。そしてあの日渡したクリスタル。それを……ユーレシュの血を引く最後の者として守り続けてくれ……」

「お父様……」

ニナは自分の胸元に手をやる。そこには先日の誕生日に貰《もら》ったユーレシュの国宝、スキルクリスタルがあった。

「ニナ……」

次いでオリヴィアが口を開く。

「お母様……」

「私からの最後のお願い……」

「最後って、まるで死んじゃうみたいな言い方……」

「皆が幸せになる国を、誰も私たちのような思いをしない国を、笑顔で溢れる国を……作って」

ニナはその言葉に胸が締め付けられた。子供のころ一度だけ交わした母との約束。その情景が瞼《まぶた》の裏に思い起こされる。

「うん、私は王族だから頑張る。だからっ……」

「約束……よ」

「約束する、だからっ！」

死なないで……、そう言おうと思った瞬間、何者かが母の背中に剣を突き立てた。ニナは大きく目を見開き、そいつの姿を視界に焼き付ける。

「無駄な希望を与えてくれるな、オリヴィア」

紳士のような出《い》で立ちの男。その男は、銀色の細剣をゆっくりと引き抜く。何故だ、何故あなたまでも……。

「これから死よりも辛い運命が待ち受けている娘に、それはあまりに酷だ」

そして彼はゆっくりと、オリヴィアの首元に剣を差し向けた。

「ニナ……私の可愛いニナ……」

オリヴィアは口元から血を流しながらも、ニナの名前を呼ぶ。ニナはその紳士から再び母へと目を向けた。

「おかあ……さま……」

「愛しているわ……いつまでも」

そしてオリヴィアは笑った。同時に、彼女の笑顔は宙を舞う。瞬間、ニナの中から何かが弾け飛んだ。

「お前もかぁぁぁぁっ！　マルビスッ！」

ニナは銀色の細剣を振るった老紳士を睨み付ける。その老紳士は、冷え切ったような表情で細剣についた血を振り払った。

「マルビスクか？　加勢は頼んでいないはずだが？」

「想定よりも時間がかかっていたからな。どうせお前がつまらん遊びでもしているのだろうと思って急《せ》かしに来たまでだ」

「つまらん遊びとは言ってくれるじゃないか。第七隊隊長マルビスク・シェーンハウゼン殿」

「第七隊……隊長……」

あぁ、またか。また、リーゼベト七星隊、それも隊長クラス。自身が剣の師と崇《あが》めていたくらいだ、それぐらいの地位でも不思議ではない。つまり、ユーレシュを落とすために、リーゼベトは精鋭部隊の隊長を二人も潜《もぐ》り込ませていたということか。十数年も前から……っ！

「つまらん遊びであろう。それよりも、俺はこいつを持って一足先にリーゼベトへ帰らせてもらう」

マルビスクはオリヴィアの首を掴み、近くにあった白い箱に入れた。

「お前も後始末が終わったらさっさと帰還するんだな。あまり遅いとロネ様の怒りを買うぞ」

彼はそれだけ告げると、もはやこの場所に用はないといった様子で立ち去ろうとする。

「何故……、なんで……」

ニナは怒りと、驚愕《きょうがく》と、そして混乱でただ涙ながらに呟くことしかできない。マルビスクはそんなニナを一瞥《いちべつ》すると、何も言わずに馬に飛び乗り、足早にその場から去っていった。残されたルベルドはやれやれと嘆息《たんそく》し、ニナの方を見る。

「まあ当面の任務は完遂《かんすい》した。あとはこいつを連れて帰るだけ……。おっと、一つ忘れていた」

そしてニナからユリウスへと目線を移した。

「お前の処刑を忘れていた」

ルベルドのその声は、まるで悪魔のささやきのようだとニナは感じた。

「さて、兵士諸君。今から愚王ユリウス・ユーレシュの処刑を開始する」

兵士たちはそのルベルドの声に、わっと湧き立つ。十字に張り付けられたユリウスはぐったりとしており、抵抗する素振りは見せていない。いや、オリヴィアが死んだ時点で、彼もまたそんな気力、希望を失っていた。

「処刑方法は串刺し。ひと思いに愛《いと》しい者のもとへ旅立たせてやろうという私の温情によるものだ。感謝するのだぞ、ユリウス・ユーレシュ」

ルベルドはニヤニヤと笑いながら何も答えないユリウスへ言葉を投げた。殺す相手に対して何が温情だとニナは思う。が、今のニナには何もできない。ただ、目の前で父が殺されていく様を見ていくことしか……今の自分にはできなかった。

そして、ほどなくしてユリウスの処刑は決行された。ルベルドから繰り出された槍《やり》が、ユリウスの右胸を貫通し、彼は力なく頭《こうべ》を垂れた。ユーレシュ王の絶命。リーゼベトとユーレシュの一年にも渡る戦争が終結した瞬間だった。

「これにて我が軍の完全勝利だ！　皆の者よくやった！」

ルベルドのその声に、兵士たちが皆「うおおぉっ！」と雄叫《おたけ》びを上げる。そんな声に包まれながら、ニナは絶望に覆い尽くされた目を閉じた。

父が死んだ。

母が死んだ。

魔法師団の皆が死んだ。

モニカが裏切った。

ルードが裏切った。

マルビスが裏切った。

いや、この三人は最初から味方などではなかった。

もはや、誰も自分の味方はいない。

誰も、誰も彼も……。

敵だ。

皆敵だ。

ここにいる、ルベルドも、アルモニカも、今、この場にはいないマルビスクも。

世界の全て敵だ。

私以外の全てが敵だ。

誰も自分を救ってなんかくれない。

――もはや私が生きている意味はなんだろうか――

「さぁ、軽く祝杯を上げた後、帰還するとしよう」

――この世界に希望なんてない――

「ルベルド様、こいつちょっと味見したらダメですかね？」

――ならばいっそ、全てを消してしまえばいい――

「ダメだ。最初はロネ様と決まっておるのだからな……、とはいえ、多少ならバレないか？」

――こんな世界……、消えてなくなれ――

「我、ニ〇〇ナ・ユーレシュの名において命ずる」

「あん？」

「全てを喰らえ、青き終焉《しゅうえん》」

ニナの口から放たれる詠唱。彼女が古代文字から読み解いたその短い呪文は、とある魔法に共通する特徴である。それを唱えるのにニナはもう躊躇《ためら》いなどなかった。絶望を目《ま》の当たりにした彼女に、その魔法がどんな害をもたらそうと、もはや関係ないのだから。

「『ブルー・エンドノヴァ』」

瞬間、彼女の中から凄まじい魔力が消失したのを感じた。そして、まず、彼女に汚らしい手を伸ばそうとしていた兵士が餌食《えじき》になる。

「ぐあああああっ！」

彼の体内から青い炎が溢れ出し、その身を包み込む。そして、瞬《また》く間にその姿を塵《ちり》へと変えた。同時に周囲の兵士数名も不可解な発火現象に見舞われる。兵士たちは断末魔《だんまつま》の叫びをあげながら、次々と青い炎に焼き尽くされていく。

「何が……、何が起こっているというのだ」

その光景を見ていたルベルドは、額に汗を浮かべる。そして、原因たる少女を睨み付けた。

「貴様、何をしたっ！」

ニナはゆっくりと立ち上がると、表情の消えた顔でルベルドを見る。

「生ある全てを無差別に喰らい尽くす炎。禁魔法『ブルー・エンドノヴァ』。発動した以上、その周囲の全てを喰らうまで止まらないし、私にも止められない」

「なん……だと……」

「別に止める義理もないのだけれど」

ニナは冷たくそう言い放つ。ルードは身体の穴という穴から汗が噴き出すのを感じた。この魔法はヤバいと直感がそう告げたのだ。二人がそんな言葉を交わしている間にも、青い炎はまるで伝染病のように周囲の兵士たちに広がり、そして喰らっていく。次は誰が体内から発現する炎の餌食《えじき》となるのかも分からない。

「た、助けてくれー！」

恐怖からその場を逃げ出す兵士。しかし、青い炎は、逃がしはしないとばかりに次々と兵士たちを喰らっていった。残酷なまでに一瞬で。

「ぎゃあああああっ！」

その青い炎はついにルベルドまでも捉える。

「わ、私が悪かった。た、助けてくれ……」

涙ながらにルベルドは懇願《こんがん》する。しかしニナはそんなルベルドを感情のない目で見下ろした。

「言ったでしょ。私にも止められないし、止める義理もないって」

「そ、そんな……、うぎゃあああぁっ！」

そしてルベルドは断末魔の叫びとともに、呆気なく塵と化した。あまりの手ごたえのなさにニナは嘆息する。

「ニナ様……」

次いで青い炎に包まれた女が一人、這《は》いながらニナの足首を摑んだ。

「モニカ……」

彼女もまたその身を塵に変え、白雪の上に崩れ落ちる。そして、ニナの周りからは命の灯《ひ》が全て消え果てた。

静寂《せいじゃく》のただ中で、ニナは立ち尽くしていた。

「終わった」

何もかも。後は自らの命が尽きるのを待つばかりだ。

——喰い足りぬ——

不意に何者かの声が頭に響く。

——まだ喰い足りぬ——

その言葉だけで何者がそれを発しているのかを理解する。

「喰い足りないのなら、私を喰らえばいい」

ニナは虚空《こくう》へ向けてそう呟く。しかしその者からの返答はない。

再び静寂が辺りを包む。

――見つけた――

不意にその者がそう発する。

――たくさん、見つけた――

見つけた？　一体何を……。刹那、辺りの木々が青い炎に包まれた。次いで、地面から青い炎が噴き出し、周囲が全て真っ青に染まる。

「どういうこと？」

ニナは動揺しながら周りを見渡す。そして、一つの結論に辿り着いた。

『ブルー・エンドノヴァ』は生ある全てを無差別に喰らい尽くす禁魔法。すなわち、対象は人間だけではない。白雪に隠れて寒さをやり過ごしているが、ユーレシュという国を支える大地、そしてそこには様々な命が息づいている。

「ま、待って」

ニナは事の重大さに気づき、その者を止めようとする。が、それはニナの言うことを聞く気などさらさらないとばかりに、何も返答せず、ただ周囲を青に染めていく。次第に大地の色は燻っていき、木々も人間と同じく塵へと変わっていく。青い炎はスノーデンを丸ごと飲み込み、全てを喰らい尽くしていった。

どのくらい時間が経っただろうか。ニナは辺りを見渡した。

何もない。それは比喩《ひゆ》などではなく、そのままの意味。周りは遠く地平線の先まで、何も遮《さえぎ》るものがない。大地も黒く淀《よど》み、まるで生を感じさせない。そう、全ての命が消え去ってしまっていた。

確かに自分は世界の消滅を望んだ。だが、自らが愛した王都だけが消えてしまっている今、それはニナの本意に反している。どうせなら、リーゼベト、果てはこの世界全てを喰らい尽くしてくれたなら良かったのに。なぜ、なぜユーレシュだけがこんな目に遭《あ》わなければならないのか。自らが元凶とはいえ、不条理な結末にニナは憤《いきどお》りを感じた。

――堪能《たんのう》した――

その者は満足そうにそう発する。

――では代償を――

代償？　ああなるほど。

ようやく、自分が喰らわれる番が来たのか。

――汝《なんじ》の一番大切なものをいただくとしよう――

私の一番大切なもの。そんなものは決まっている。能書きはいい、さっさと持っていけ。するとニナの体内から青い炎が噴き出し始めた。ああ、やっと、この孤独から解放される。お父様、お母様……、ニナも今そちらへ参ります。

…………。

…………。

しかし、いくら待てども、ニナの体軀が塵に代わる様子はない。そして青い炎はニナの身体になんら傷をつけないままに、ふっと消えてなくなった。

「どういうこと？」

一瞬、何が起こったのか分からない。だが、それも束の間《つかま》、ニナは身体の奥底から膨大な魔力が抜け落ちていくのを感じた。

「な、なにをっ……」

――汝の一番大切なもの、『名』の一部を頂いた――

「『名』？」

ニナは慌てて自分のステータス画面を確認する。

＊＊＊＊＊＊＊＊＊＊＊＊＊＊＊＊＊＊＊＊＊＊＊＊＊＊＊＊＊

ニナ・ユーレシュ
Lv：17
筋力：G
体力：G
知力：C＋
魔力：CC

速力：EEEE＋
運勢：D
スキル：【マジックブースト】

＊＊＊＊＊＊＊＊＊＊＊＊＊＊＊＊＊＊＊＊＊＊＊＊＊

ニナ・ユーレシュ……。確かに私の名はニナだがそれは飽くまで愛称であり、真名《まな》は違う。

私の本当の名前は……。

「私の本当の名前は……」

私の本当の名前は……、何だ？

嘘だっ。嘘だ嘘だ。思い出せないなんてありえない。それになんだこのステータスは。レベルは半分以下、それ以外も軒並み大幅に下がっている。

――　では、また会おう　――

「ま、待って」

ニナは慌てて制止をする。が、その者からの応答はなく、気配は霧散してしまった。

こうして王都スノーデンは、リーゼベトの将兵を巻き込み、一日にしてその姿を消すこととなる。

これが後に語られることとなる、『ユーレシュの厄日《やくじつ》』の真実。

ニナは歩いていた。たった一人、絶望を抱《かか》えて。

彼女は当てもなく、ただ南を目指した。理由はない。ただ、足がその方角に向いた。町から町へ転々と歩いていく。そのいずれもが、リーゼベトの猛攻を受け、かつての姿を留《とど》めていなかった。彼女は倉庫であったらしい場所からわずかばかりに残っていた食料を漁《あさ》る。食べられそうなものを選別し、口へと運ぶ。僅《わず》かな焦《こ》げ臭《くさ》さが、彼女の胸を締め付けた。

そんなことを繰り返すうち、かつてロギメルと呼ばれていた地を抜け、いつしか彼女はアスアレフ王国へ辿《たど》り着いていた。しかしここで誤算が生じる。この地で待ち構えていたリーゼベトの兵士たちに見つかったのだ。ここで捕まってしまえば楽になるとも思う。が、憎きリーゼベトに良いようにされるのが何よりニナは気に食わない。

そこからニナは必死で逃げた。気が付けばエキュートの森の奥まで来ていた。大木の根元、そこに人が入れそうな穴が掘られている。ニナは躊躇《ためら》うこともなく、そこへ歩を進めた。中は灯《あか》りがないため、トーチライトの魔法で照らしながら進んでいく。そしてニナは、鉄製の扉の前まで辿り着いた。

彼女は意を決してその扉を開ける。すると中は人一人が生活するには充分な空間が広がっており、テーブルに椅子、そしてベッドまでも完備されていた。まるで誰かの隠れ家のようなこの場所にニナは身を隠すことを決める。

何日、何十日経過したか。食料は穴から出て木の実を取ったり、野生動物を狩ることで調達できていた。しかし、依然《いぜん》として生きることに対して前向きになれない。一つは家族を失ったこと、一つは大切な国を失ったこと、一つは大事な名前を失ったこと。

「生きて、私は何をすればいいんだろう」

毎日、部屋の中で鬱屈《うっくつ》としてニナは思う。ただ生きる糧《かて》があるとすれば、それは憎しみだ。リーゼベトに対する、世界に対する憎しみ。自分から全てを奪い去っていったものに対する憎しみ。

やがて彼女の脳裏に復讐の二文字が浮かぶ。そうだ、私はやらなければならない。大事な父と母と国を奪った奴らへの報復を。彼女に芽生えた昏《くら》い感情は日を追うごとに増幅していく。沸々《ふつふつ》と湧き上がっていく憎悪は、ニナの心を徐々に支配していった。

「リーゼベト王ロネを……殺す」

ついに彼女は決心する。明日、ここを発《た》ち、リーゼベトを目指す。そして彼《か》の国の全てを青い炎で焼き尽くしてやる。そう、スノーデンがそうなったように……。ニナはそんな思いを抱きながら眠りについた。

『母の言葉を、約束を思い出しなさい』

はっ、と目が覚める。何やら変な夢だった。何か女性のような人が自分の前に立ち、それだけ告げると消えていったのだ。なぜか不思議と、ただの夢として切り捨てられなかった。

母の言葉、約束……。

──皆が幸せになる国を、誰も私たちのような思いをしない国を、笑顔で溢《あふ》れる国を……作って──

「私は……私は……」

立ち上がり、ニナは頭を抱える。足元がおぼつかない。千鳥足で何とか壁際《かべぎわ》まで歩く。

思い出されるのは大好きな母の笑顔と、子供の頃に交わした約束。そして──、最期《さいご》の時に託された願い、くれた言葉。

──愛しているわ……いつまでも──

「私はっ！」

そしてニナは自分の頭を壁に打ち付けた。何度も、何度も。額《ひたい》からは赤い血が流れ、鼻筋を通り、口へと伝う。独特な鉄の味が舌の上に広がった。瞬間、靄《もや》がかかっていた彼女の視界が開け、澄み渡る思考が徐々に彼女を冷静へと導く。

私はなんて愚かなことを……。大事な人の願いを忘れ、衝動のまま行動しようとしていた。

そんなのは、自分を信じて死の間際でも希望の言葉をくれた人に対する、ただの裏切りじゃないか。

ニナの目から熱いものが零《こぼ》れ落ちる。とうに涸《か》れたと思っていた。しかし、光を取り戻した彼女の目からはどんどんとそれが溢れ出てくる。ニナはしばらく嗚咽《おえつ》を漏《も》らした後、ゆっくりと袖口《そでぐち》で涙を拭《ぬぐ》う。

こんな運命を授けた神が憎いか？

こんな運命に導いた世界が憎いか？

憎い。そんなの憎いに決まっている。だからこそ、私は神の、世界の目論《もくろん》だ通りになんてなってやらない、やるものか。神が、世界が、私に憎しみのままに生きろというならば。私はそれに抗《あらが》い、お母様の言葉を信じて生きていく。皆が幸せに、皆の笑顔で溢れる国——いや、世界にするために。こんな大嫌いな世界ごと私が変えてみせる。

「お母様、ニナは約束を果たします」

そして約束が果たされた時、天に向かってこう言ってやる。

『ざまぁ』。

私の一世一代の復讐劇は、ここから始まる。

大木の中の部屋を抜け、私は外に出た。まずは、仲間を見つけよう。協力してくれるかどうか分からないけれど、一歩ずつ踏み出すことが大事なはずだ。

森の中を進み、出口を見つける。しかし、私は運悪く追っ手に見つかってしまった。頑張ろうと思った矢先、世界はよほど私のことが気に食わないらしい。

必死に私は逃げる。

逃げて、逃げて、逃げて――。

そして、少女は一人の少年と出逢《であ》った。少年はスキルクリスタルを求め、少女は仲間を求め。己《おの》が目的を果たすため、二人は契約を交わす。その二人の出逢いが一つの核となり、その核は様々な人を繋《つな》ぎ、大きくなっていく。

やがて、その者たちは世界をも揺るがす大きな事件を引き起こすのだが、それはもう少し先の話。

◇

「これが私の全てです」

話し終えたニナはすっきりとした顔で微笑んだ。

「ラグナスには悪いことをしたと思っています。私はあなたを信用せず、奴隷契約という鎖《くさり》で縛ってしまった」

「一ついいかニナ？」

「なんです？」

「何で、その話を俺にしようと思ったんだ？」

俺は素朴な疑問を投げかける。彼女は考えるまでもないといった表情で、間髪《かんはつ》を容《い》れず答えた。

「最後まで、あなたが私の味方でいてくれたからです」

「味方？」

「はい。私がしたいことの理由はさっき説明した通りです。でも、私の過去を知らないラグナスにとって、私の行動は不愉快に感じることがあったと思うんです。それでも味方でいてくれたから」

まぁ、不愉快に感じることは多々あったな。彼女の過去を知った今、少し見方も変わったけれど。

「でも俺は一度お前を見捨てたと思うが？」

スカーレットでの屋敷のことだ。俺は彼女に付き合いきれないと言い放った。結果として彼女は俺と決別し、一人でウィッシュサイドへと向かったのだが、今思えば、俺を切り捨ててでもニナは信念を貫《つらぬ》き通したかったのだと分かる。

すると彼女は急に顔を下に向け、ボソボソと何かを呟《つぶや》いた。

「――じゃない」

「ん？」

急に声が小さくなる彼女に俺は聞き返す。

「来てくれたじゃない。私のことを助けに」

彼女は仄《ほの》かに顔を赤らめながら目を逸《そ》らした。え、何だその反応。

「いや、あれはスカーレットにけしかけられてだな……」

俺はバタバタと慌《あわ》てながら説明する。そうだ、あれはスカーレットからニナを助けろと、そうでなければ世界を滅ぼすぞと脅《おど》されたからであって……。というか何で俺はこんなに焦《あせ》っているんだろうか。

「それでも最後はラグナスの意志……だよね？」

「まぁ……そうじゃないとは言い切れない」

「嬉しかった。また一人きりだと思うと心細かった。仕方なくだったとしても、ラグナスが傍《そば》にいてくれたことが心強かったから。でも……」

ニナはそう言うと、きっと眉尻を上げこちらを睨《にら》む。

「そんな私の気持ち、ラグナスは分からないよね。鈍感だから。あとついでにデリカシーもない」

「はぁ？」

「だってそうでしょ！　勝手に私の服脱がすし、人の気も知らないで傷つくことばっかり言うし、あと私の服勝手に脱がすし！」

「いつまで根に持ってんだそれ。俺が変態みたいだろうが！」

とうの昔に許してもらったと思っていたのに、こういう時に蒸し返すのはずるいだろ。というか今はその話関係ないんじゃないか。

「変態でしょ！　エッチ、スケべ！」

ギャーギャーと捲《まく》し立ててくるニナに俺は嘆息《たんそく》する。そしてさんざん人のことを罵《ののし》った挙句、彼女はプイとそっぽを向いてしまった。何なのだろうかこの時間。もう帰って寝たい。俺がそんなことを考えながら頭を掻いていると、彼女は再びこちらに目を向けた。

「ねぇ、ラグナス」

「なんだよ」

「もう、こんなのいらないよね」

彼女はそう言うと、すっと目を閉じる。すると、彼女の目の前に魔方陣が展開され始めた。

「我、ニナ・ユーレシュが命ずる。この者を我の名のもとから解放せよ！」

瞬間、魔方陣が俺の首元に纏《まと》わりつき、焼けるような熱さを感じる。数秒後、俺の首元から痛みが引いていく。それはすなわち、奴隷契約の破棄を意味していた。

「どういう風の吹き回しだ？」

俺は首元を触りながら彼女に尋《たず》ねる。すると彼女は恥ずかしそうに目を逸らした。

「それすごく意地悪な質問だと思う……」

まぁ、そうかもしれない。何となくの意味は鈍感と言われた俺でも分かるから。

「明日からさようならってこともあり得るぞ？」

「ラグナスはそんなことしないよ」

そしてニナは満面の笑みを向けて俺に言った。

「信じてる」

「……、その言い方はズルいな」

「お返し。それに本当のことだから」

ニナはずっとニコニコしてこちらを見つめている。なんだろう、ニナってこんなに強《したた》かだったろうか？　心なしか俺に対する喋《しゃべ》り方もいつの間にか変わってるし。

「ラグナスの前では、もう猫を被《かぶ》る必要ないかなと思って」

……、唐突に俺の心を読むのやめてもらえませんかね。

「だから」

返す言葉もなく、黙ったままの俺に対してニナが歩み寄る。

「これからもよろしくお願いします。ロクス！」

そしてペコリと頭を下げた。

「……、あーもう！　分かったよ。よろしく頼むなアールヴ」

俺は頭を掻きながら彼女にそう言う。これでひとまずの仲直りってことになるのか。だが、ニナとの問題は解決したとしても、まだまだ問題は山積みだ。リュオンは未《いま》だに俺たちのことを探しているだろうし、フォーロックもこの先協力し続けてくれるとは限らない。

「どうしたの？」

いろいろなことを考える俺に、無邪気に彼女は微笑みかけてくる。……まぁ、今日はそれだけで良しとするか。

「何でもない。じゃあ俺はもう寝るからな」

「うん。おやすみ」

彼女の見送りを受けて俺は部屋へと戻。明日にはスカーレットの屋敷に向けここを発《た》つ。少なくとも道中で今後の方針について結論を出しておかなければな。俺はそう考えベッドに潜《もぐ》ると、うんうんとうなされているフォーロックを横目に眠りについた。

あとがき

お初にお目にかかります。雷舞蛇尾《らいぶへびお》です。てんびん座、巳年、O型。ライブラ、へび、おー。らいぶへびおです。

本作は元々「小説家になろう」他WEBで公開しておりました作品となります。そこから読者の皆様に多大なるご声援をいただき、『第一回集英社WEB小説大賞』において奨励賞という栄《は》えある賞をいただくに至り、なんと書籍化までしていただくこととなりました。これも全て雷舞蛇尾というどこの馬の骨とも分からない奴を応援してくださった読者の皆様のおかげです。この場をお借りしてまずはお礼を言わせてください。ありがとうございます。いや本当、心の底から感謝です。

さて、本来ならここから雷舞蛇尾とはこんな奴ですねんと自分語りをしてみたり、辿ってきた輝かしい人生の軌跡の一部をご紹介したりといったことをするべきなのかもしれませんが、しません。皆さんそこまで興味ないですよね？　少なくとも雷舞はラノベを読むにあたり作者にそこまでの興味がないので、そういったことがつらつら書かれているあとがきは基本読み飛ばしています。だから作品のことしか書きません。とはいえあとがきから読まれる方も中にはいらっしゃるかと思いますので、ネタバレがない範囲でちょっとばかり触れたいと思います。「ほほう」となってくださったら作家冥利《みょうり》に尽きます。そういうのを見たくない人はそっと本を閉じていただければ幸いですが、先に謝辞を述べさせていただきますので、そこまでは読んでいただけると嬉しいです。

では謝辞を。まず、外せないのが、本作のイラストを担当してくださいましたさかなへん先生。数多くの素敵なイラストをありがとうございます。雷舞は先生の描くニナが一番好きです。続いて担当編集のMさん。色々とご面倒をおかけしてしまい申し訳ありません。その都度ご対応くださって感謝です。これは独り言ですが、続きも書籍化したいなぁ……（チラッ、チラッ）。次に親友K。色々と動いてくれてありがとう。最後に読者の皆々様。冒頭でお礼を述べさせていただきましたが、改めてこちらでもお礼を申し上げさせていただきます。WEB版からお付き合いいただいている方も、本書から初めましての方も、引き続き本作を応援していただけると嬉しいです。

　さてさて、謝辞も終わりましたところで内容に触れていきたいと思います。まずはさかなへん先生に描いていただいた本作のカバーイラストです。素敵なカバーイラストをありがとうございます。最初見たときは感動で胸が震えました。このカバーイラストのラグナスとニナ、実は担当編集のMさんが構図を考えてくださいました。（ですよね？）背を向け合う二人。仲なんだけれどもどこか心の壁がある状態の二人を、後ろでスカーレットが何かを企《たくら》んでいる顔で見ている。天才かと。M氏天才かと。そのうち二人が本当の意味で背中を預けて戦える、そんな時が来たら胸熱ですよね。そういえばカバーイラストに描いてあるスキルクリスタルって、ニナが持つものと形は似ていますが少し大きいですよね。リーゼベトにあった丸いスキルクリスタルとも違うし。あれって何のスキルクリスタルなんだろう？

　続いて主人公であるラグナスに焦点を当ててみたいと思います。幼少期のラグナス、青年期のラグナス。実は細かな違いがあるんですが、読者の皆様はお気づきになられましたでしょうか。違和感を覚えた方もいらっしゃるかもしれませんが、これは間違いではないんです。恐れ多くも雷舞がさかなへん先生に描き分けをお願いしたものとなります。気づかれていない方は、今一度さかなへん先生のイラストをよく注視してみてください。

　最後にスカーレットについて皆様に一つ投げかけを。なかなかにお歳を召されている彼女ですが、見た目は幼女そのもの。吸血鬼と呼ばれる存在は皆そうなんでしょうかね。他の吸血鬼が出ていないのでよく分かりません。あ、そういえばもう一人いました。協力者という形で作中にいましたね。姿はみえませんでしたが、誰なんでしょうか。

あまり語りすぎても怒られそうなのでこのあたりで終わりにしようかなと思います。え？　ニナの話がない？　ニナのあれこれについては作中で全て語り尽くしたつもりなので、ここではあえて何も書きません。まぁ、強《し》いてニナがいるシーンで何か言うとすれば、作中で描かれてはいませんが、最後に語り合う二人を、部屋の外からジト目で見上げていたお馬さんがいたとかいないとか。このお馬さん、耳は良さそうですね。

色々と内容に触れてきましたが、まだまだ作中に埋め込んだものはたくさんあります。是非今一度読み返していただき、この物語について繙《ひもと》いていただければと思います。最後は作中のスカーレットの言葉を拝借して、締めとさせていただきます。

「少なくとも考えられる材料は与えておるじゃろう」

以上、雷舞蛇尾でした。

この作品の感想をお寄せください。

あて先　〒101-8050　東京都千代田区一ツ橋2-5-10
集英社　ダッシュエックス文庫編集部　気付
雷舞蛇尾先生　さかなへん先生

ダッシュエックス文庫

レベルリセット
～ゴミスキルだと勘違いしたけれど実はとんでもないチートスキルだった～

雷舞蛇尾

2021年5月30日　第1刷発行

★定価はカバーに表示してあります

発行者　北畠輝幸
発行所　株式会社　集英社
〒101−8050　東京都千代田区一ツ橋2−5−10
03(3230)6229(編集)
03(3230)6393(販売／書店専用) 03(3230)6080(読者係)
印刷所　凸版印刷株式会社

本書の一部あるいは全部を無断で複写複製することは、
法律で認められた場合を除き、著作権の侵害となります。
また、業者など、読者本人以外による本書のデジタル化は、
いかなる場合でも一切認められませんのでご注意ください。
造本には十分注意しておりますが、乱丁·落丁(本のページ順序の
間違いや抜け落ち)の場合はお取り替え致します。
購入された書店名を明記して小社読者係宛にお送りください。
送料は小社負担でお取り替え致します。
但し、古書店で購入したものについてはお取り替え出来ません。

ISBN978-4-08-631420-6 C0193
©HEBIO RAIBU 2021　　Printed in Japan

「きみ」のストーリーを、

「ぼくら」のストーリーに。

集英社 ライトノベル 新人賞

募集中!

ダッシュエックス文庫が主催する新人賞「集英社ライトノベル新人賞」では
ライトノベル読者へ向けた作品を募集しています。

大賞 300万円	金賞 50万円	銀賞 30万円	審査員特別賞 10万円

※原則として大賞作品はダッシュエックス文庫より出版いたします。

1次選考通過者には編集部から評価シートをお送りします!

第11回締め切り:2021年10月25日(当日消印有効)

最新情報や詳細はダッシュエックス文庫公式サイトをご覧下さい。

http://dash.shueisha.co.jp/award/